The Death
of
Anna

安娜之死

谢晓昀 著

人民文学出版社
PEOPLE'S LITERATURE PUBLISHING HOUSE

著作权合同登记号图字 01-2015-7918

图书在版编目(CIP)数据

安娜之死/谢晓昀著.—北京：人民文学出版社，2016
（谢晓昀作品）
ISBN 978-7-02-011781-9

Ⅰ.①安… Ⅱ.①谢… Ⅲ.①长篇小说-中国-当代
Ⅳ.①I247.5

中国版本图书馆 CIP 数据核字(2016)第 139187 号

责任编辑　卜艳冰　陶媛媛
封面插画　十　指
封面设计　山　川 | Gabryl Duke Workshop

出版发行　人民文学出版社
社　　址　北京市朝内大街 166 号
邮政编码　100705
网　　址　http://www.rw-cn.com

印　　制　山东临沂新华印刷物流集团
经　　销　全国新华书店等

字　　数　150 千字
开　　本　890 毫米×1240 毫米　1/32
印　　张　7.5
版　　次　2017 年 2 月第一版
印　　次　2017 年 2 月第一次印刷

书　　号　978-7-02-011781-9
定　　价　35.00 元

如有印装质量问题，请与本社图书销售中心调换。电话：010-65233595

**谢晓昀的自序导读**

**横置在生与死中间的是什么?**

我曾经参加过多次葬礼。

在偌大空旷的殡仪馆礼堂中,来自不同家族的各种悲伤,被搁置在礼堂的各个角落里,大家在同样的时间地点,一起用相同的仪式来怀念与追悼死者。印象中,他们的轮廓皆模糊惨白,面孔的边缘逐渐被袅袅的香火和浓厚的悲凄晕散开来。我记得在追悼过程中,总有一两个异常悲伤的家属,在安静的礼堂里爆出如受伤动物嘶吼般悲愤恐怖的哭声;那声音尖锐地刺穿了所有沉默,甚至还用力把庄严平静的悲伤搅成好几组类似乱码的意外符号,横插进原本已经收拾妥当的情绪中。

他们突兀的哀戚,想要挽回什么?

在上一部长篇小说《恶之岛——彼端的自我》进入二校即将结束阶段,书还未上市,我便急迫地开始写起这本《安娜之死》。没有别的原因,只是太想知道那些家属突然变浓烈的悲伤情绪是什么?夹在生与死中间的东西、状态,甚至横置在这中间自成一格的灰色地带又是什么?

或许,这是一个永远没有答案的生命秘密。

这是上帝留给世人的一个问号,也是我给自己的一个难题:一个可以横跨过日常一切、让我不得不把所有注意力放在上面的、活着的人面对死亡来临的时刻，会是什么模样？

在这本《安娜之死》中，由不同的五个人围绕着这相同的死亡，注视着这个陨落与悲伤……然后呢？在这因逝去而变得显而易见的悲伤后面，随着每个生命流动而去的每一分钟与小时，它们是否因此蒙上一层灰黑，从而无法真实地见到属于生命的额外喜悦？

死亡把我们活下去的勇气挖空，感觉自己的存在是如此渺小……究竟是生命的力量巨大还是已逝的力量强大？

这就是我疑惑且必须写此书的原因。

在这些生与死的中间，在这本《安娜之死》里，我企图把其中的微调赋予更鲜明的色彩。这极端之处在于：每个人生命的过程中，总有一个像安娜这样美好得如同天使般的角色：她（他）或许是你的父母亲、挚爱的另一半、重要时刻伸手扶你一把的贵人、每天给你无比喜悦的孩子、聆听你生命过程中的困难的友人、关键时刻出现的任何人……而这人在你无法磨灭的记忆中占有重要的一席之地；然而，生命总有殒殁的一天，当那一天来到时，你失去了最重要的亲友，你的天使就此步入死亡，这个巨大的冲击将会如何把你吞噬？

安娜的设定便是如此。

她是这五个不同之人生命中的天使，无可取代的生命奇迹；然而，她的消失与死亡，却又宿命性地蒙上一层不确定的悬疑与疑点，生命与人性的横冲直撞及其不可预期性，就在这本书中曲折地延展开来。

# 目 录

谢晓昀的自序导读　横置在生与死中间的是什么？　　　1

母亲葛罗莉　1990年·冬天　　　1

警官苏利文　1980年·夏初　　　13

跟踪者凡内莎　1980年·夏天　　　53

姐姐罗亚安　1990年·冬末　　　79

绿怪人哈特曼　1971-1980年·夏初　　　99

绿怪人哈特曼　1985年·夏天　　　139

警官苏利文　1991年·夏天　　　159

跟踪者凡内莎　1980年·秋天　　　181

警官苏利文　1991年·秋天　　　207

后记　我是如此饥饿　　　221

母亲葛罗莉

**1990 年·冬天**

致罗亚安小姐：

　　你好！很冒昧突然写信给你，希望你接到此信的心情，仍维持一贯的平静安好。

　　此刻提笔写信给你的我，五年多前参与"失去亲人之心理辅导聚会"时，曾和你保持了将近两个月的密集会面。然后在不可抗拒的外力下结束聚会，伙伴们也失散。经过漫长的时间流逝，没想到在今天巧合相遇。

　　但是，我们彼此都很清楚，这并不是我们的第一次巧遇。

　　我不得不对你坦白：在我随着年老而逐渐模糊的记忆中，对多年前的场景仍旧有着奇怪的、异常执拗的清晰印象。不知是否因为那些聚会场合总弥漫着如同食物馊掉的难闻气味，进而在意识中产生了幽闭且喘不过气来的窒息感，还是因为我们第一次见面时，我竟在瞬间全身起了鸡皮疙瘩的惊骇，让这一切烙印下深刻的痕迹。

　　五年前，我在超市的公布栏上看见了那活动的消息。

　　活动消息的传单张贴在数张商品降价消息的下方，一张粗糙惨白的A4影印纸，看起来像是随意打上几行字般漫不经心，整体感觉隐晦黯

淡得无以形容。但我对那公布栏匆匆一瞥,被标题"失去亲人之心理辅导聚会"之外的几行简述深深地吸引:

在您的心里是否从未遗忘过逝去的亲人?他们的身影仿佛如初地环绕在身旁吗?是的,没有人要求您遗忘或释怀,但是您需要更大的力量,帮助您走出这一切!

很普通的宣传字句。当时的我,停下约五秒钟看完这些话,没有多想,转身走出超市,骑着脚踏车回到家,感觉脸上冷飕飕的,格外刺痛。我疑惑地举起右手抚摸脸颊,发觉自己一路是空白着头脑,下意识地不断流着眼泪,狼狈地回到了家。我不得不承认,这些话轻易地掀开我心底隐藏多年的痛,让我转瞬间重新陷入自以为已经逐渐痊愈的伤痕里。

我的独生女安娜,在青春年华的十六岁那年,全身赤裸、面目全非地惨死在空旷的郊区草丛中。这件事发生在十年前,也就是我四十五岁那年。安娜先是离家出走,继而失踪,然后在警方几乎要放弃漫长时日的搜寻后,被发现惨死在草丛中。

我在这里先把这伤痛搁下不提,因为多年前的心理辅导聚会让我们对彼此的伤痛都有一定程度的了解。先来说说我们两人的巧遇吧。

五年前,定期在星期三晚上举行的辅导聚会,我记得是在街角城镇活动中心的地下室里举办。当时由社区的辅导中心做主,仓促地把邻近学区淘汰的课桌椅集中于此,很随便地清扫后就匆忙地举办了聚会。

我第一次参加聚会是在看见公告两天后，也就是同一个礼拜的星期三，似乎迫不及待地准时参加。为什么会那样急切呢？我在聚会后回到家，曾静下心来好好地思索过这个问题。

或许随着伤痛被撕开，在潜意识中渴望自己被救赎吧。

就在星期三的晚上，我做完晚餐，把饭菜工整地摆在桌上，留下一张字条给我先生后，便匆忙地骑脚踏车到达活动中心。我仍记得那天晚上，在我居住的S镇那条主干道上，一切都静悄悄的，除了呼啸过耳的风声。然而远方细琐的杂音却从寂静的夜里窜出，听起来就像海洋深处低沉的怒吼。

我到达活动中心后，推门进入前，在门口做了好几次深呼吸。跟随着小盏黄色壁灯以及墙上的指示，踏进右边地下室中。已经在房间中央围成一圈的成员全都回过头来看着门口的我。

那是我们的第二次见面。

我记得当天除了我们两人，还有另外三个人，一样面色灰暗地参与了聚会。尽管架在天花板上的灯光闪烁黯淡，空气里浮着一股浅浅的、不容易察觉的、但是只要有相同经历的人就可以直接望穿的悲伤气氛。就在这片漂浮着众多混乱气息的思绪里，你的脸颊与轮廓，在人群中对我发出异常的亮光。

我深深倒吸一口气，心想：是她！我认识那个女孩！我们在很久以前见过面，算是脑海中一个非常不乐见的熟人。

不管多么惨痛悲伤，我想你也应该忘不了吧！

我四十五岁那年，也就是距离现在十年前，当时警方通知我到警局辨识女儿的尸体时,你也在现场。现在回想起来,十年前在尸体旁边的你,与五年前在围成一圈的团体中的你,抬起头时的弧度与仰角,在我的脑海中,如同对照般一点都没有变。

我们的认识真的相当不愉快,那过程便是:你与我都坚信,躺在冰凉的银白色台子上,那具因发现太晚而全身被虫子和细菌毁损、且被饿狼秃鹫咬啮得难以辨识、勉强完整的发黑尸体,是你失踪多年的妹妹,也是我失踪多日的女儿。

我们都在对方面前流光了眼泪。

当时,站在那具令人心碎的尸体前,我们都希望也都不希望那是我们心里想的那个人。就这样,在警方缓慢的调查和同样进度缓慢的DNA检定结果出现前,我们两人互相微妙地依赖着也痛恨着对方。

我想你应该没有忘记那段难熬的时光吧。

就在认出对方后的短暂尴尬里,辅导中心的负责人从圈子中站起来,脸上堆满了笑容迎接我。这时想要转身离开已经来不及了。这念头飞快转过脑袋,我暗自喘了好几口气,稳定下杂乱的心跳,随着负责人,假装镇定地坐到圈子里。我记得除了我们两人,其他三人分别是菲比、蜜丽安和凡内莎。

负责人杰森是团体中唯一的男性,三十出头,细长的双眼,肥厚出油的鼻翼上架着一副金框眼镜。肥胖的矮短身材,不分季节地总是穿着短袖衬衫,上面系了条很多皱褶的黑色领带。他老是一身浓郁的香烟臭味,仿佛他本身是一根人形烟斗,走近就可以闻到。他介绍自己是攻读心理学的博士,主攻项目为心理创伤领域。这位负责人在聚会中主导谈话的内容，引领大家对陌生的彼此说出伤痛，进而互相舔舐伤口。

老实说，他给我的第一印象相当不好。不是他不讨喜的外表，而是我的直觉。这个人根本没有过痛失亲人的经历，他只是照着从书上学到的知识，想尽办法用我们的伤痕来印证他所学到的学术理论。

后来证明我的直觉对了一半。之后再跟你说吧。

总之，我们在原本就复杂的心情下相遇。在两个月中，大约七次的聚会里，沿着辅导计划，大家逐渐地说出心里的伤痛。但时间毕竟不够，我的印象十分模糊，有些人说到一半便哭泣，哭到结束；也有些人支吾了许久，唉声叹气多过讲述内容，一切皆说得不清不楚。

就在最后一次聚会上，杰森告诉我们，这两个多月的辅导情况比他预期的还要好，但因为S镇的镇长决心重建这栋老旧的活动中心，短时间内又无法找到合适的地点聚会，便在与开始一样的仓促中，结束这种聚会。

我原本想与你继续联络，但是直到聚会结束，始终没见你私下向我示好。尽管我们在聚会上表面看起来总是非常热络，也是团体里坦白伤痛最多的两个人，但我仍旧无法得知你对我的真实想法，所以与你的联络便被截断了。

就这样过了五年。

提笔写信给你的一个多月前，我记得那天是初秋十月的午后，打开窗子看见外面的天空，是一片湛蓝的晴朗。天空一反多日的阴霾，呈现近日少见的清晰的蓝天白云。我当下决心出外走走，感受难得的暖和。

当我换上外出服，心情轻松地离开家门，踏上砖红色的长街，想要迈开脚步，融入这片晴朗的天气里时，一阵既熟悉又陌生的音乐，从我即将跨越的转角前方响起。

一批留着垂肩长发、绑着五颜六色的辫子头、穿着宽大的牛仔裤配搭着格子衬衫和涂鸦T恤的年轻人，看起来像嬉皮杂牌军，约十五到二十位街头即兴演出乐手，携带着喇叭与萨克斯风，间或有些吉他与贝斯，沿着S镇中央的马兰伦大道进行演奏。而围绕在他们旁边的人群，缓慢地跟着乐队的步伐，嘻嘻哈哈地行走。乐声从那个转角清晰地朝着我流泻过来。

这种音乐，我此生只认真听过一次，却希望永远不要再出现在我生命中。音符此时像被赋予了真实的形体，如同影片般一格格放大在我面前。

这是爵士乐，一般人记忆里轻松自由的爵士乐。却甚少人知道，爵士乐源于极端浓郁的悲伤。

女儿在十六岁那年，某天从学校回来后，坐在正费心打理晚餐的我身后，口气慎重地告诉我，如果有一天她死了，葬礼上一定要放埃灵顿公爵、阿姆斯壮，或者是任何人演唱的爵士乐。

"什么！你说你有一天怎样？"其实我马上就听清楚了她说的话，但是仍旧掩盖不住她在我面前，在年老她二十五岁的母亲面前提起这晦气字眼的怒气，于是停下正搅拌沙拉酱的双手，提高声调地质问她。

"我死了，如果我死掉的话，葬礼上一定要放爵士乐。"她的声音充满着一股奇怪的坚定。

"你这小女生怎么回事！好好的说这些干吗？"我回过头，盯着坐在餐厅椅子上的她。那时正从厨房右边的窗子透进一道澄黄色的阳光,把她金黄的发色和无瑕得如同天使一样的脸孔,笼罩在刺目耀眼的明亮中。

"妈,你不要管嘛,就记住我说的这个小小心愿就好了啊!"

她语气不悦地低下头,打开她摊在桌上的一本小说专注地读着。我没有继续与她对话,心醉神迷地凝视着这个上天赐予我人生中最美好的事物,足以让我用全部的生命来换得的我的孩子。现在想起来非常讽刺,那时她的心里一定充满着无法言喻的悲伤,才会说出那种话,而我却在那种时刻,沉浸在拥有这孩子的甜美感觉中。

我想,那一刻,我与自己女儿的距离,远得如同没有边际的大海,远得让我无法想象。

在我准备她的葬礼时,想起她曾经说过的这句话,便疯狂地寻找这种陌生的音乐,也才明白爵士乐的起源。早年,美国与欧洲各地的黑人族群长期处在社会的低层,生活贫苦困顿,也饱受歧视,黑人们便认为死去是一种莫大的幸福满足,所以葬礼上的哀歌全都是这种轻松愉快的爵士乐。

我明白后,心里的疑惑痛苦强烈得让我终日以泪洗面——我的女儿安娜,为什么在那个时候,会坚持这样的心愿?她不顾一切离家出走时,究竟遭遇了什么我想象不到的痛苦?在她的葬礼上,我忍着心痛照着她曾要求过的,请来一组小型爵士乐团,从灵车出发到墓园,吹奏出一首接一首的爵士乐曲。

这是我生平第一次认真聆听这些既快乐自在又让我全身发颤的爵士

乐，它们不再是漂浮轻快的音符，而是生命中一个个充满残忍、困惑的烙印。

原本藏身在街头转角那支即兴演出的爵士乐团，正一一地从我面前经过，我居然无法动弹地当场蹲在地上，任由脸上的泪水疯狂滚落。环绕着爵士乐手的民众没有人发现我的存在，他们大声唱着歌曲，双脚如同上了发条般跳着杂乱的舞步，喧嚣地经过蜷在墙角发抖的我。

这段时间没有维持多久，当他们从我身边走过，在我听来如同地狱挽歌的爵士乐也越来越模糊，我终于睁开被泪水沾湿的眼眶，看清楚阳光撒在对面石墙上的橘红色印子，眼前正站着一个熟悉的身影。

你不知道站在那儿多久了。歪头看着对面蹲坐在地上的我，脸上浮起一种奇怪的、悲怆的表情。我在泥沼的记忆里搜寻属于你的那块记忆，终于让我想起关于你我的巧合，同时我突然有种非常诡异的联想。我对着正走过来、蹲下、扶我起身的你，有种正在照镜子般莫名其妙看着小我将近两轮年纪的孪生姐妹的感觉。

"葛罗莉，好久不见。"

这是我们五年后再度相遇时你对我说的第一句话，也证明了我老朽的脑袋关于你的记忆没有出错。你靠近我，脸上堆满了善意。

"谢谢你。"我随着你的搀扶，勉强站起身来靠在石墙上。

后来我们并没有闲聊多久，只是客套了几句问候的话，仓促地交换了通讯地址，转身离开对方的生命。

罗亚安，在你看到这封信的尾声，我只想跟你说声谢谢，谢谢你总在我生命里最脆落的时刻意外出现，并悄悄地给我某种奇异的支撑力量，给我这对生命已无所求的老迈老妇一点点心灵上的安慰。

把最美好的祝福给你

葛罗莉

1990.1.05

警官苏利文

**1980 年·夏初**

"你在看什么？"

问我话的是一个大约六七岁、鼻子下方还挂着两行黄色鼻涕的小男孩。他蹲在我的身边，眼睛睁得大大的，拼命往我趴着的方向望去。夏日正午的炙阳把我烤得晕头转向，身上的白色衬衫好像从早上一踏出家门后就已经湿黏地贴在我的背脊上，而男孩身上的汗臭融合了一股发酸糖果的甜腐气味，淡淡地从旁边飘了过来。

我转头盯着他红润的脸。

"没什么。你不要靠近，待会儿这里会被封锁起来，你赶快回家吧！"

男孩好像完全没有听到我说的话，他把注意力集中在我趴着的前方。等我站起身拍拍身上黏着的杂草与沙子时，他迫不及待地照着我刚刚的姿势，一模一样地蹲趴下来。我站起来后，仍旧满脑子都是刚刚见到的景象：那是一具过了很久才被发现的尸体，全身赤裸地被人塞进那片草丛中一棵从枝干中间折断的枯树底下。或许凶手一开始把它好好挖洞埋了起来，但是后来却被野狗或夜晚出没的野狼群拖了出来。尸体面目全非，露出的部分是沾满黄泥的头颅（还好头部朝内低垂，否则我连看都不敢看了），以及状似想从洞里爬出却颓然垂在头颅两旁的、皮肤皆已成暗青色的两条胳膊，其他部位则仍安然地埋在土中。依我粗略估计，应该已经死掉一个多礼拜了。

男孩趴下没有多久，突然像被雷击或被热水烫到似的，瞬间从地上蹦跳起来，转头看着我。

我看见他的眼睛睁得老大，眉毛不协调地一高一低，两旁脸颊的肌肉紧缩在中间，大张的嘴巴露出缺了好几颗的牙齿。这滑稽的表情融合了惊讶、恐惧、震撼、恶心……我从未想过一个人的表情可以同时涌出那么多的情绪，但是我想，以他的年纪，他的表情仅负责把一瞬间的感觉倾倒出来，还不足让他细细咀嚼这些情绪的真实性。

男孩蹲在我旁边呕吐了起来。

S镇的地势非常低矮，并且潮湿，只要有大型卡车经过，整个地层都感觉随之震动摇晃。在多年前那场持续下了两个多星期的大雨中，S镇外的大沼泽被雨水淹满，把一个过路人与一头母牛淹没到沼泽中。农夫听闻呼喊，便开来大型农具车抢救，才费力地把这人与母牛拉起。当时，已怀孕的母牛却在沼泽中产下一只身体为牛状但是头部为人形的怪物。看到的人无不惊慌失措，深信这是一个恐怖且不祥的预兆。

通常看见这种怪物，我们会狠狠地杀死并丢弃它，但是救出他们的农夫却坚持饲养，于是，奇怪的事情开始层出不穷，S镇中的女人一个个接连流产或难产而死。在 1970 年至 1975 年间，城镇的女人只剩下之前全部人口的四分之一。

终于，在众人的大力斥责之下，农夫把怪物拖到广场上，当众杀死，并且把人形头颅血淋淋地挂在外围石墙上方，小镇才逐渐回复原状。

1963 年．S 镇秋日季刊

这是我在图书馆中的资料室里无意间在一本早已停刊的杂志中翻到的一则多年前的传奇轶事。

很多人都曾经说过或耳闻：S 镇是个不祥的地方。

S 镇位于西部平原与丘陵之间，以经纬度或气候来说，是一片种植什么农作物都能生长的肥沃土地，但这项优势却没有起到任何作用，S 镇仍旧是一片荒凉的地区，别的地区都称呼它为"乡下地方"。

从遥远高耸的麦田高地便可以轻易望见 S 镇，但是真的没什么好观望的——许多浅绿色低矮平房并排成列，镇上紧密的住宅区当中，没有任何独特的建筑，太过统一地让人觉得无趣沉闷。南边围绕着一条混浊的谭亚河支流，北边则是进入 T 市的唯一道路：第六号公路。东、西两侧有些是经年未种植谷物的荒地，光秃秃地任由田埂横切过去；有些则是成排的砖红色工厂。

四五月的雨季过后，是融雪的初春时期，镇上皆光露无遮，没铺任何柏油的道路把厚厚的尘土搅和成肮脏的泥泞。

而聚集在 S 镇中心的住宅区，顺着主干道马兰伦大道往前延伸，中间地带则耸立着几栋突出的米白色大楼，是这里的小型行政机关，镇公所和地政事务所，与医院诊所、邮局、警局及银行皆集中于此。这里也是最主要的商店集中区。贩卖日常用品的商店或小吃店散落在住宅区两边崎岖蜿蜒的小巷或大道中，横插在住宅平房之间的，有些是主妇们维生兼卖的小卖部，有些则是住家开的冷饮轻食店。

商店街则聚集种类较多规模也稍大的店面。镇上居民常在下班后过去小酌一番的多是没有店名的小酒吧。最多人去嚼舌的南西咖啡馆，老板娘南西，一把年纪了，仍维持苗条体态，喜欢穿贴身露肩的扶桑花洋装，脸蛋有些方，习惯在上面涂抹过分夸张的化妆品，态度倒十分客气有礼。这家店里卖些简单的三明治与冷饮，但老板娘大多数时间则倚着吧台与镇上的人聊八卦。还有些服饰店与休闲用品区，但大多是二流货色，包着塑胶袋的商品上积满了灰尘与脏污。

S镇的地理位置与繁华的T市毗邻，南边则紧邻着同样较为发达的E市。开车横越接连S镇与T市的第六号公路，需要半个小时。由于毗邻的盆地T市聚集了整个地区主要的建设与开发，百货业与服务业发达，人口密度也最集中，导致地价昂贵，所以地价低廉的S镇就成为T市主要的工厂集中地，不论印刷、钢铁、电子或者加工业的开发制造，需要大面积厂房的产业全聚集在S镇，需要大量生产力。

人力资源的分配也如这两个市镇的特质，S镇聚集所有想来T市居住工作却又住不起昂贵房子的各路人员，被T市人称为低下的乡下人或者粗俗的蓝领阶级。

而传出怪诞传言的地点，则是从S镇那座布满涂鸦的高墙外，沿着地上终年泥泞却笔直的泥路往前走出约五公里远的工厂区块。那条泥泞道路的两旁是占地极广且杂草长及膝盖的草原，这里盛传各种诡谲的谣言。1970年之前，S镇外围没有草原，而是如这杂志刊登的轶事所形容，是一片泛着浅水的沼泽洼地。我记得是在1975年之后，可能因为整个生态环境与气候的改变，沼泽地才逐渐改变形态，由底部缓慢长出杂草，最后变成这片苍绿的草原。

每年想要去繁华的T市找工作的人从各个地方驾车驶上从S镇直达T市的高速公路。他们前仆后继地横越过S镇，有些人会在未到达T市时发现S镇的工厂终年缺人而定居下来；大多数人会顺利到达T市，找到工作，却因房价太高而转回居住在S镇，每天往返通勤；但也有很少数的人，根本到达不了T市。

我从E市调来这里当警察，着手进行命案调查，发现许多命案中的大多数死者，都是来自不同户籍所在地但是清一色是想去T市找工作或想去那里生活的年轻女性。这让我想到美国的好莱坞，每年吸引大批的年轻女孩，想去那里成为明星或模特儿，以为可以飞上枝头当凤凰，但是最后，大多没有达成梦想却失去踪影——有些沦为餐厅服务生或卖场收银员，甚至堕落到去当舞娘或出卖肉体来换取继续留在大城市的机会，而有些则是在偏僻的角落被发现尸体，连一个目击证人都没有。

为了虚幻的名利与泡沫般的梦想，她们如飞蛾扑火般不顾代价。

1972年3月，贝妮丝，十六岁，原居E市，专门拍摄传单与特价资讯海报、已经在这行打滚五年的小模特儿，听从经纪人的建议，打算前往 T 市的演艺圈发展。五个月后，尸体在 S 镇草原南边的一户农家的地下仓库被发现。

（经纪人已提供确切的不在场证明）

1975 年 6 月下旬，娜斯塔，十七岁，想要横越 S 镇到达 T 市找工作，失踪后家人马上报案。三个多月后，埋在草原中央的尸体被警犬寻获。

1979 年 12 月初，在 T 市工作的艾薇，二十一岁，于新年假期开车返回家乡 E 市。等候一天未见人影的家人报案，于隔日在 S 镇草原道路旁先发现那台登记于妮可名下的红色房车（车身已撞毁），搜寻五个多小时后，发现艾薇陈尸于草原边缘第六号公路旁的水沟内。

"你觉得这些是怎么回事？"

记得我刚被调来 S 镇的第一个礼拜，获知要开始追查这些命案的那天早晨，被上级分派与我一同研究命案的伙伴——年纪大约三十多岁的肥仔理察，怀里抱着成堆资料档案，好像炫耀什么似的，把有些肥硕的下巴抬高，站在桌子对面，双手忙碌且有序地把命案档案一一摊开在桌子上，每一份都小心翼翼地不重叠。我看了他一眼，站起身，学他把双手交叉放在胸前，从上往下审视这些资料。这些资料望过去肉糊糊的一片，间或有些鲜红的血色，也有一抹青绿色的痕迹，像极了一幅拼贴的抽象油画。

"我不知道,"我对他耸了耸肩,"我想这些是我被派来这里支援的主因。"

"其实,"他踱步走到我的旁边,低声地在我耳边说,"我真的相信那片草原被诅咒了!"

我点点头,转头避开他满嘴的大蒜味,继续专注地看着满桌的命案资料。对于诡谲草原的那些神秘玄妙的传说,我从不将之考虑为命案的主因。应该说,那里的先天条件,使之成为弃尸的最佳地点:阴暗、潮湿、隐秘、荒凉、偏僻……而连续发生命案的主因,我确信是因为 S 镇的地理位置以及前面所提及的其与 T 市之间互相依存、无法独立的残缺性,使得 S 镇的居民成分太过复杂。

再细问命案的发生原因——办案久了就会明白,很多杀人弃尸的原因都是没有原因。

1980 年 6 月 15 日,上午 10 点,警局尖锐的电话铃声划破宁静。

电话里头的高亢女音严重结巴,一听就知道受了很大的惊吓。等到那妇人终于说出尸体的所在位置,已经过去了十分钟。我的搭档因为一早就去办一起家暴案,到现在都没回来,所以我挂上电话,独自匆忙地离开警局。开车前往发现尸体的现场时,我双手紧握着方向盘,才暗自惊觉这是自己在 S 镇接的第一桩命案。不是那些尘封许久、未被侦破的案子,也不是积压过多疑点以至于逐渐磨灭期待、变成一个档案那样过久的失踪与死亡。

这是一个进行时，活生生的命案进行时。

我驱车到达现场，接着把那名呕吐不止的男孩送回附近的住家，用黄布条封锁现场，打电话回警局寻求支持。在等待的时间里，我坐到尸体附近的一棵树下，抹了抹额头上的汗，终于深深地喘了一口气。

如果这草原没有发生过那么多事，它真的算是一个漂亮的风景区……我把湿汗随手抹在裤子上，转头眯着眼，看向辽阔的青绿色。那随着阵阵微风起伏的翠绿波浪与弧度，配合着点缀着白云朵的湛蓝色天空，真的像是画里才会出现的风光。或许来这里定居的人并不全然贪恋T市的繁华，而是为了这片既恐怖又美丽的草原风光。众说纷纭的传说让这片草原增添了一股无法取代的神秘魅力，也不知不觉地让这片青绿更加诱人。

然而，我并非口头宣称的被派来S镇支援的警察，也不是为了靠近T市或者是被这片草原的致命美丽所吸引而来……我低下头，摸出衬衫口袋里已被压扁的烟，点上一根。

是我主动向主管要求从E市调职到S镇来，连生活起居也一同迁移到这个大家一致认为出事率最高、风评最糟的城市里。现年四十五岁的我，虽然距离那让我决心离开的事件已有十年，但我仍然得承认，那伤痛将会永远如影随形地跟着我一辈子。

十年前，1970年6月5日，我被E市警局调派至T市出差。据通报，有个被E市通缉多日的毒贩，在T市的大卖场中被线人看见，线人甚至已经确定了毒贩的住所与经常出没的地点。在整个事件与人物未确定前，上司要我独自前往打探，如案情必要，可能会待在T市过夜。

我接到命令后，毫不犹豫地马上整装出发。

因为就在去上班的前几个小时，我与妻子发生严重的争执。到底为了什么事我已经忘了，但我记得那是我们结婚多年来第一次发生如此激烈的争吵。

两人对峙着站在客厅的沙发前，嘴里仍旧满是疯狂指责与辱骂对方的言语时，我瞥见不知何时已被我们吵醒、年仅六岁的女儿爱蒂，正倚着旁边由二楼下来的楼梯扶手盯着我们。但这不是我先停止一来一往的争辩、想尽办法让自己平静下来的原因。虽然我不希望爱蒂看见这一幕，但它毕竟就是发生了。我想这或许是我们家庭生活中的一个不愉快的插曲，如果她长大一点，一定会理解。

我突然闭上嘴巴不再继续争执，是因为妻子当时的模样非常可怕。她身上仍套着粉红色的棉质睡袍，披头散发地站在我面前，原本深棕色如同瀑布般的美丽长发正湿黏地贴在她的脸颊上，眼睛泛血地瞪大，消瘦的颧骨突出，用右手不断地戳向我，提高音量地喊叫着许多奇怪的音节。听清楚后才发现，那些都是非常下流肮脏、不堪入耳的脏话。

我很惊讶，隐约觉得妻子有些异常。以我对她的了解，成长期一直就读于天主教女子学校的她，平日连大声说话都觉得丢脸，但是在那个时刻，她却好像变成整日在下流地方打滚的妓女流氓，顺畅流利地骂出根本无法想象的肮脏字句。我的脑袋嗡嗡作响，震惊多于愤怒，使我无法在那种情况下走过去好声好气地安抚她。

她不是我认识的任何人。我在心里有了这个奇怪的想法。于是，我选择沉默，然后转身甩门离开——而这个举动让我终身遗憾。

"苏利文，现在情况如何？"到达 T 市五个多小时后，大约是晚上 7 点 30 分，我接到上司打来询问的电话。

"我现在到了毒贩的公寓楼下。之前看见他在街角的巷弄里跟另一个人谈话，对话内容不清楚。我现在会想办法去他公寓对面的楼层，从那里监视他的举动。"我大力地吸了一口手中的烟，眼睛仍直盯着对面三楼的窗口。

"嗯，进度还算不错。我跟你说，你现在马上回 E 市，我会派人去接手你的工作。"

"为什么？"我诧异地问道。

"我刚接到你家里打来的电话，你的女儿放学没回家，已经失踪将近三个多小时了。我想……你最好先回来处理一下。"

等我回到 E 市警局时，看见妻子的弟弟，也就是和妻子相差三岁的小舅子，一个刚退伍回来在 T 市加油站打工的小伙子，克里夫，独自低着头坐在长椅上。我与他不算熟，他是我妻子唯一的弟弟。听妻子说，他高中毕业后放浪形骸地过了好几年，后来因父亲过世才从泥泞般的窘境中逃离。

我一踏进警局看见克里夫，就明白我的妻子应该在家里等待爱蒂或者相关的知情电话。我仓促地询问克里夫。据他说，我的妻子大约在我早上出门后，语调崩溃地打电话给他，但那时他正在上班，所以等到下午 5 点才到达我家。而后，两姐弟在客厅聊天，等到妻子意识到爱蒂没有回家时，已是 6 点多了。爱蒂就读的小学是 4 点整放学，所以当他们俩察觉不对劲、疯狂找寻后没有结果、再打电话报警时，距离放学时间已经过去了三个多小时。

爱蒂就读的小学从家里大约走十五分钟就到。只要我与妻子下班后来得及，一定会去接她，但也有两人都没空需要她自己回家的时候。而综合今天糟到不行的情况，我相信爱蒂早上看见我们激烈的争执，心里应该有了自己走路回家的打算。

"所有相关的人都问过了吗？"

"爱蒂的老师说看见她与同学一起走出校门，那时是 4 点 05 分。也都打过电话询问与她要好的同学，回答说是在校门口转角的地方与她说了再见后，各自回家了。"

转角。我在脑中快速地闪过那个地点，那是出了校门右转的位置，没有任何商家与店面，只有一座深绿色的投币式电话亭，与终年并排停满街道的各种车辆。

不祥的预感如潮水般向我席卷而来。

"爱蒂是走向回家的方向吗？"我的呼吸急促，衬衫后背已经湿了一大片。

"没有人知道。她们说爱蒂好像就等在那边，大家转头继续走，没有人知道她是停在那里还是稍后就往回家的方向走。"克里夫声音沮丧地回答我的问题。

爱蒂的失踪，至此就像被按了隐形暂停键，停止。

爱蒂失踪的三个月中，我与妻子疯狂地问遍所有人，老师、同学、邻居，甚至当天那一排车辆的所有车主。我与警局同事也全都彻底调查过，没有人看见也没有人知道爱蒂那天从校门口转过弯举起手与同学挥手道别后，究竟去了哪里。

没有目击者。没有相关资料。没有线索。没有任何可疑者。甚至，没有尸体。

一切的一切，全都蒙上一层乌黑的绝望，我连要对谁发泄愤怒与伤心都不知道。好像爱蒂从那一刻开始从这个世界上蒸发了，与空气或所有气体融为一体。我非常明白，过了寻找的黄金时期，失踪就等同于死亡。然而，我还是在时间与时间的缝隙里假装爱蒂只是跟我玩捉迷藏的游戏，寻找家里能够藏匿她的各个地方，如同我们先前玩过的几百次一样。她最喜欢躲在房间角落那个贴满粉红兔的衣柜里，在我拉开衣柜的瞬间，嬉笑着扑到我身上。

"噢……爱蒂……"我打开衣柜，捂面倒在地上。

1970 年 9 月 25 日，距离爱蒂失踪约三个多月后，我的妻子被送进精神病院。

她把爱蒂失踪的过错全怪罪到自己身上。一开始是整天哭泣，原本在图书馆的工作也只好辞掉。然后，便是彻底的疑神疑鬼，电话与门铃声都会让她颤抖与崩溃，甚至大声点的电视与外面的响声都让她歇斯底里。后来，接连三次吞药自杀未遂，根据医院的判断，如果妻子不住进精神病院让专业人士二十四小时轮流看护她，她真的会在我面前消失，我会在失去爱蒂后接着失去她。

　　我回想这浑噩的三个月里，妻子仿佛遗忘语言能力般，没有开口说过一句话。尽管我告诉她上千上万次不是她的错，我还是能见到拖曳在她身后的巨大哀痛的阴影。

　　我身后的阴影也如她一样忧郁且永远不会消失。

　　"你的妻子以前就有相关的病史，她的精神状态一直不是很稳定，最好即刻整理行李住进去。那里的设备很完善，医生与护士都相当专业，算是这个城市的顶级医疗所。"顶着一头雪白头发的医生合上手上的一叠资料，面容严肃地向我宣告这个最后警告。

　　我从不知道妻子曾经有过相关的病史，我只记得她很讨厌看医生、讨厌去医院，以前不管生病感冒多严重，都坚持不就医，要在家里休养。我听见医生说出这句话时，脑中浮现了两个画面：

　　第一个，是爱蒂失踪当天早上，她露出从未见过的狰狞表情，突然对着我骂出许多恶毒肮脏的字眼。那是征兆，所有事情的征兆。如同从顶点开始往下滑落的那一把推力，断裂前的瞬间定格。

　　第二个，就是我沉默过后的转身，甩上门，站在合上的门口，作了好几次深呼吸。那时阳光炽热，一道金黄色的光线笼罩着视线，旁边的树影则错落地筛在我的脸上。我眯着眼睛看着前面宽敞的、如同镀了一层箔金的笔直柏油路，心思却紧紧纠结在一起；我甚至在门前抽了根烟，考虑着是不是要转身掏出钥匙，进家里再和她好好沟通，或花上几分钟安抚受了惊吓或许还站在楼梯上的爱蒂。

　　但是我没有，我就是没有那样做。我从不知道，这个转身是我的人生开始往下坠落、家破人亡的转折点。

1971年1月17日，距离爱蒂失踪已经过了半年多。本来由我调查，也就是我曾站在他躲藏于T市公寓对面的楼下望着他窗口的毒贩鲍伯被捕。在多日侦讯逼问下，他提供了一连串毒贩与吸毒者名单，以换取自己的减刑。他在无意间，透露了一个骇人听闻的消息。原本以为与我再也无关的案件，此时像开玩笑般朝我用力滚来，与我的人生紧紧黏贴。

"苏利文，你知道鲍伯已经招供了吗？"同事一见我走进警局，马上凑过来递给我一杯咖啡。

"哦，昨晚听组长提过。"我顺手接过咖啡。

"我想，我想你最好去问一下，因为名单上有克里夫的名字。"同事突然压低声音，在我耳边像讲悄悄话般对我说。

"克里夫？我的小舅子克里夫？我怎么不知道他吸毒？"我皱起眉头。以我的了解，吸毒者通常不会马上戒掉毒瘾，尤其是吸食过久的毒犯，在之后的时光里，很容易因为生活中遇见一点挫折或不顺，便轻易地重新踏进毒虫行列。我想到这里，才意识到已经有好长一段时间没见到克里夫了。

他在爱蒂失踪的初始曾协助我们搜寻，但是随着时间的延长，大概也明白找到的机会越来越渺茫，便回到了他居住的T市。我曾听妻子提过克里夫曾放荡过，所以得知他吸毒并不过于惊讶。

我把手中的咖啡一口气喝完搁下，走到长廊尽头的缉毒组办公室。

"听说鲍伯……"我敲了敲门，转开手把，还未说完第一句话，却看见办公桌后那个我熟悉的缉毒组组长脸色相当凝重地站起身，拉开对面的椅子要我坐下。

"苏利文，我要跟你说一件事，你要做好心理准备。"

于是，组长告诉我，有双凹陷眼窝的毒贩鲍伯供出所有名单后，连带地透露某天晚上在酒吧里遇见喝醉的克里夫，两人疯言疯语地对话了许久，听见了一个警方一定感兴趣的消息。

鲍伯在口供中提到，他记得与克里夫两人一起干掉半打啤酒后，便开起黄腔，讲到关于男人对于女体的渴望与玩笑。应该是鲍伯自己先说起公寓隔壁那久未结婚的老处女，他口沫横飞地形容那女人的长相，还认真想过她干扁的裸体是什么样子，甚至有时还会因为生理上的骚动想象过与她上床甚至求婚的画面。旁边已满脸通红的克里夫突然仰头大笑，连口中的啤酒都喷到吧台上。

"有那么好笑吗？你喝醉了吧，别喝了，克里夫，我送你回家！"鲍伯有些不开心，他认为克里夫的大笑根本是在嘲笑他。

"没有，我没有醉！"克里夫粗鲁地把桌上的啤酒推开，身体凑了过来，"你的意思是不是要结了婚才能解决生理上的焦虑？我告诉你，结婚、组成家庭、生孩子简直是我们这种人不能奢望的！跟你说个秘密，我的姐姐根本是个神经病，"他用右手的手指，粗鲁地点了点太阳穴，吞了口口水，"神经病你知道吗？那种人是不能结婚的。"克里夫又把推远的啤酒捞过来喝光，继续说：

"姐姐大概在……我想想，好像是我读高中那时，啊，就是我在墨非酒吧认识你，跟你买海洛因前后，说是在哪次旅行时认识她现在的丈夫，两人居然就偷偷私奔去结婚了。当时我与她在家中是相依为命的两个人，母亲早死，而我的父亲则是个不折不扣的畜生。失业在家整天酗酒，喝醉了就打我们……每天找各式各样的理由，拼了全力痛打我们。有时候是因为起床时间晚了，有时候是因为电视声音太大，更多时候则是因为他说话时我们的眼睛没有看着他。我每次盯着他那油腻如肥猪般令人嫌恶的脸，心里在想：你打就打啊，还费力找什么狗屁理由！后来我大概明白，他这样做无非是希望我们不要太痛恨他。他费心了，我对他的恨老早就超过我可以想象的范围了。"

"喂！你喝醉了，不要再说了，我送你回家吧。"鲍伯不习惯与人深入聊天。交钱给货是一贯的作业模式，他很少与人深交，尤其是他的客户，更是不可以。鲍伯心里很清楚，堕入到毒虫行列的人，有百分之八十无法面对自己的人生，他不想面对那背后隐藏的黑暗面。

不是不想，而是无法。如果真的知道了，那么他与毒虫之间的供给关系一定会混乱。因为他很清楚，人生本来如同一座正在焚烧的高塔，只要犯一点小错，就会引发更激烈的熊熊火焰，烧光高塔里所有的木材。

站在自己的即将烧尽的塔端，去观望正在焚烧的别座塔，是最不应该的。

人都会有恻隐之心，会想要忘却自己的灰烬去帮毒虫救火，那么他的毒品市场就会开始萎缩，然后让自己的高塔焚烧得更快。

"不，你听我说，我一定要说。你知道我何时才再见到我姐吗？直到我爸过世，整整五年的时间，我都没有见到她，空白了整整五年啊……她根本就是背叛我，背叛我们一起扛苦难的默契逃走！我永远不能原谅她！"克里夫此时的表情却很平静，像在描述曾看过的新闻事件般，完全事不关己，只有眼神茫然地透露少许的情绪。

"所以呢？唉，人本来就会自己寻找比较舒服的方式过活，你姐根本就没有错。"鲍伯把吧台上的酒瓶推开，放弃劝阻克里夫回家，拍拍他的肩，想要尽量安抚他。

"不对！不是这样的！我姐长期处在高压恐惧中，所以高中时曾经得过严重的忧郁症，很严重，是会产生幻听幻觉的那种。她学校的老师曾带她看过医生，医生都说以她的情况应该住在精神病院里，但是我家哪有闲钱啊？还是让她如往常一样地过日子。神经病怎么可能知道什么方式的生活会舒服？她居然还私奔去结婚，甚至背叛我！我不是神经病，我当然知道怎样才会让我心里舒服一点……就是把她的女儿杀了，然后把他们搜寻不着的尸体埋在他们家后院。"

"你开玩笑吧？不是认真的，对不对！"鲍伯觉得事情有些不对劲。

"哈哈，你无法想象我有多认真！"克里夫说完，把手上的啤酒一口气喝完，又说了许多乱七八糟的话，但是没有再提这件事。

组长说到把尸体埋在后院后，突然闭上嘴巴，僵硬地伸出右手把鼻梁上的眼镜取下来。我盯着眼前的组长看着，感觉全身的血液迅速往脑门冲去，眼前的一片变得异常清明。我感觉自己站在人群中间，旁边所有的人都对着我说话，对着我说些我听不懂的话语，我捂上耳朵……好吵……真的好吵……

"克里夫在哪里？告诉我他在哪里！"我回过神，粗暴地大声吼叫，转身往外面冲去。

"苏利文，你冷静点，不要冲动！他已经被拘留了，这件事我们会好好处理的。"组长追上我，动作利落地把我按倒在地上。我的四肢在凝结的空气中用力挣扎，被压制在地板上的身体发出强烈的疼痛，安静的空间里只剩下我哀嚎痛哭的回声。

当天晚上，重案组派出一组约五个队员来到我家。挑着白亮的照明灯，迅速地把家里十坪大的后院翻了过来，只花了半小时，就挖出了爱蒂已经腐烂的尸体。

我从未想过。那段疯狂寻找爱蒂的时间里，我们想破了头，跑遍了所有的地方，都想不到她究竟在哪里，究竟发生了什么事。而原来日思夜想的爱蒂，其实从未离开过我们，她只是躺在后方庭院冰冷的泥土里。

我也从未想到这一点。这是最让我痛心疾首的。

十年前，我三十五岁那年，我年仅六岁的女儿爱蒂，被她的舅舅，也就是与我的妻子相差三岁的弟弟杀死，埋在我与妻子住的房子庭院的泥土中。

我把烟按熄在脚边的干泥巴里，眼睛仍旧盯着这片广大的翠绿草原，身后圈起的黄布条在微风中颤动着。这十年中发生了很多事。克里夫受到拘留，而后被法院宣判死刑，执行。那段时间里，我因为精神状态极度不稳定，被强迫禁闭在警局后方的精神病院中。那段时间其实非常短暂,听说克里夫被捕后很干脆地认罪,法院也即刻判决死刑,全程不到一个月。

我想了千百遍,在这短暂的时间里究竟发生了什么事。有可能是哪个多嘴的护士在讨论这场人伦悲剧时没有发现我的妻子在场,而同时我也被关在不同的精神病院中无法探顾她;也有可能,他们姐弟俩心灵相通,所以一个死去,另一个便也打算死去。

但是,我始终认为妻子的死不是因为克里夫的死刑,而是因为这个死刑背负了如此悲痛的回忆。

所以当我终于从病院里被放出来,却必须马上面对另一个悲剧:我的妻子在克里夫被行刑的那天晚上,用塑胶餐刀刺破自己脖子上的大动脉,抢救无效。这等同于,从小是孤儿的我,从不见天日的昏暗病房中出来后,就失去全部的亲人,这世界上空荡荡地只剩下我一个人了。

"尸体上没有任何线索。死者身上没有任何证件,因为尸体严重腐烂,指纹比对等查证身份的一般方法都丧失功用;且目前医学上的DNA 比对也未臻成熟,最后一个希望应该是等齿模的资料出来,或是前来认尸的家属提供正确的资料。我想,现在只有先从失踪人口案件上去一一核对了。"

我听着验尸官的说明,写些笔记在记录本上,然后望着全身赤裸发青的尸体。尸体腐烂的程度比我想象的还要夸张。据验尸官的详细说明,不只因为发现的时间过晚,那些野生动物对证据的破坏也相当严重。我看得出来，要不是那些动物们吃掉了她右脸颊的肌肉，我想她应该是个面目清秀的少女。

"你看她有多大年纪？"我转头看着正弯着腰用棉花棒小心翼翼地清理尸体耳中泥巴的验尸官。

"依照仅剩的线索，我估计她大约十六岁上下。"他维持一样的姿势，金边眼镜滑到油腻的鼻头上。

十六岁。如果爱蒂没死，今年也刚好十六了。

原本已经打算离开的我，又转身站回尸体架旁边，重新打量上面的女孩。毫无杂色的纯粹金发，紧闭的眼睛上覆盖着一层浓密的睫毛，细瘦的身体看起来有些发育不良，扁小的胸部下，横晒着一条条清晰可见的肋骨。双腿修长匀称，身高大约 168 公分左右。左膝盖上有一道受伤愈合的浅色伤疤，很不明显，大约在膝盖的后侧方。我静静地站在尸体旁看了很久，直到验尸官准备进行剖尸来查验死亡原因，我才默默地离开。

大约过了一个星期，只有两个曾经报过失踪人口的家属来认尸。尽管只有两位，但过程却非常离奇，不只令接下这件案子的我感到诧异，连我的伙伴理察也好几次感到心烦气躁，不止一次告诉我，他希望我全权接手这个案子，他一点都不想插手。

"这两个女人简直是疯子，道道地地的疯子！我想如果再看见她们，我一定也会变成疯子！！"理察总是挥着拳头这么形容她们，非常枯燥贫乏的形容。但是我觉得除了疯子，真的没有别的形容词足以形容这两位前来认尸的家属。

一位是年纪大约与我相同、四十五岁左右的女士。体形没有这个年纪该有的迟钝或发胖，反倒是一身爽朗的清瘦，配合她身上的连身麻布料长洋装，更该显得年轻。但是看上去却比实际年龄衰老，原因是她脸上从额头到眼角到法令纹的深刻皱纹把她纷杂忧郁的思绪全部都刻画在外表上了。

另外一位家属的年纪相当轻，二十四岁，有一双大眼睛，娃娃脸，留着短短的标准学生头，身型娇小纤细，简单的牛仔裤与白色T恤。她一进到警局，就让人直觉这样年纪的女孩应该是来报自己的单车失踪或者饲养的小狗走丢之类的小案件。但是当她一开口说话，你会马上收回刚刚的幼稚联想，而对她产生莫大的兴趣。这女孩很奇妙，早熟似乎还不足以形容。她黑白分明的大眼睛非常灵活，除了第一眼印象绝对是聪明之外，她的谈吐也让人觉得，这孩子仿佛经历过许多不属于她这个年纪应该经历的事情。

"我昨晚接获关于失踪人口通知的电话，叫我葛罗莉就行了！"第一位女士直接走进来警局，告诉我们她的名字。

"请问您报失踪的家属是⋯⋯"我听了马上从座位上起身，走过去与看似相当冷静的她握了握手。

"安娜，我的独生女安娜。"我暗自深深吸了一口气，对她点点头，请她尾随我到长廊尽头那停放着尸体的房间。

安娜。我一边往长廊的尽头走去，一边迅速在纷杂的回忆中检索。如果我没有记错，警局将全部失踪案从一位即将退休的老警官的手中移交给我时，老警官提醒我，这位母亲真的急迫地想要找到她失踪的女儿。

"每个来报失踪的家属应该都很着急吧？"我不解地问道。

"不，你如果看过她，你一定会印象深刻。有些人来报自己亲人的失踪，一看就知道是那种想要了结的心情。你现在应该很难想象，但是接触失踪案久了，你光看他们的反应就会知道，那种假装得很好的焦虑根本骗不了我。"

"那这位母亲呢？她是边哭边报案吗？"我低下头，仔细翻阅从警官手中接过来的资料夹。

"其实我也会按来报失踪的家属反应而私下去加快或放慢查案的进度。毕竟失踪案那么多，我个人是以这个作为工作上的自我判断。这母亲没有像那些假装伤心悲痛的家属矫情地哭得稀里哗啦；相反，她很清楚地说明她的女儿安娜那天什么时间失踪，外表特征有哪些，等等，说得相当详细。过程一切看似正常，但是那却是我真正第一次听见一个身为父母的人为了孩子而心碎的声音。"

"心碎声？"我抬头凝视着面前的警官。

"对。很奇怪，那是一种抽象的感觉。我当时送这位母亲走出警局，她回过身来跟我道谢，我看着她暗褐色的眼睛，眼角旁如刀刻般的皱褶，微微在我面前颤动着，瞬间便明白了，她知道，她知道自己的女儿安娜在离家出走后便凶多吉少，她为了这个心慌得都碎了。"他用沙哑的嗓音说着。

我沉默地低下了头。没有人比我更了解了吧，我想。多年前我接到爱蒂失踪的电话，那时的我应该也跟这位母亲一样，心慌得碎成一片片的。不止当时，我深刻觉得，只要是为子女心碎过的人，心是很难再复元的。

不管过了多久都一样，只能沉重地拖着这颗破碎的心继续苟活。

"苏利文！这里还有一位要认领尸体的人！"当我的后头跟着那位母亲已经走到停放尸体的房间门口，正准备扭开门把手时，理察的声音从长廊的前端传过来。

我疑惑地回过头，看见一个漂亮的小女生态度从容地向我与葛罗莉举个躬，迈开脚步走向这里。

她就是罗亚安。理察口中第二个女疯子。

"请问你报的失踪案是？"我放下原本准备转开门把的手，询问眼前越走越近的女孩。

"十年前的失踪案。报案的是我妈妈，失踪的是我妹妹罗亚恩，失踪时她六岁。"罗亚安非常利落地把话说得相当清楚。我愣了一下，罗亚恩……脑子里还转不过来她所说的在资料的哪一页，但我想反正先让她们两位看看尸体，之后再慢慢查证也不迟。


事情就从这里开始。


当时我们三人依序进入房间中。我静静地把尸体上的白布掀开，以为她们会被残破的尸体吓到，但是没有，我实在太低估她们两人了。葛罗莉一进入白亮的房间中，就把右手手掌捂住嘴巴，从头到尾都没有把手放下来过。罗亚安则皱着眉头，那个年纪的小女生皱着眉，照理来说应该有种不协调的老成，但是没有，在看过她笑着打招呼与皱眉后，我马上就明白，这是不快乐，是忧郁情绪，眼前这女生跟它相处得实在太过融洽。

两人从头到尾都没有说话，但都睁大眼睛，异常近距离地仔细盯着那具裸露的尸体。

在这段认尸的时间里，我退到房间右后方的窗户旁。当时阳光正强烈，从透明的玻璃窗外晒了进来。金黄色的光线被窗子浓缩成一格正方形，漂亮地把房间内暗灰色的瓷砖闪得发亮。我眯起眼睛，看着前面两个在光线下映得浓黑的影子，仿佛在瓷砖上烙下的两个永恒的印子。

"两位有没有什么发现？"我清清喉咙，在过于安静的空间中开口问道。

她们仍旧没有多说什么，只是异口同声说会再跟我联络。当天晚上，我把失踪档案带回家，翻看关于罗亚恩的档案。档案上的纪录很详尽，代表警方曾经仔细追踪过这个案子。罗亚恩在十年前的六月初被母亲带去超市买东西，就在母亲踮脚费力地去取上层架子的盒装玉米片后，转身回来，手推车上的罗亚恩已不见踪影。

警方当时到超市调出当天的摄影机拍摄内容。纪录上写着：影片拍得非常模糊，只隐约拍到一个体型高大壮硕、戴着一顶黑色鸭舌帽的男人，慢步走近手推车旁，然后镜头被一个停在附近看商品的胖妇人挡住。妇人只停了大约五秒的时间，走开时男人已离开，手推车上的罗亚恩也不见了。

纪录上写明那位胖妇人是住在附近的邻居，她记得自己曾停在那商品前考虑价钱,但是因为太专注于比较价格,所以根本没注意到旁边手推车中的小孩和她身后挡着的男人。男人在影片里特征不明,但确定没有任何前科,警方也没有相关纪录。当然也曾把影片中清晰度最高的影像印成照片公布在各个地方,但是没有人来指认,甚至没人有印象见过这样的男人。

或许是太模糊了,男人的帽子遮住了脸部的所有特征,又或许他是有技巧地避开摄影机,所以即使被拍到也无济于事,等同于整个失踪案没有任何线索。

罗亚恩失踪后,她的母亲马上到警局报案,但是这起失踪案一放就是十年。我想,罗亚安和她的母亲、父亲或许做好了再见到罗亚恩时应该是一具尸体的心理准备。但或许不用这么悲观,还未见到确切的证据前,没有人能说罗亚恩已经死了。

我把档案合上,揉揉发酸的眼睛,眼眶泛泪地打了好几个呵欠。我起身把桌上的灯熄灭,上床睡觉。

隔天一早,我一到警局,连身上的外套都还未脱,理察马上走到我的办公桌前。

"喂,你看这个!"他把一本相本摆在我的桌上。这本相本颇大,外观是枣红色硬壳精装,一尘不染,像是全新的。

"这是?"我伸手过去翻开第一页,第一页的相本中央放着一张婴儿的照片,就如我们印象中的婴儿,皱着张肥嘟嘟的脸,小小的五官卡在里面。

"是一大早限时快递来的,有封信夹在里面。"理察摇摇头,把一封折成长方形的米白色信纸从口袋里取出，放在相本上面。我先把信搁着，打开相本。相本中有很多照片，每张相片底下都有清楚的纪录：生日派对、全家出游、观赏花季或游动物园……光是一页页翻看就明白，这家人一定很宠相片里的小孩，也相当爱拍照，把生命中的每个细节纪录得非常完善。

我迅速地翻到最后一页，相本中的小孩停在六岁的年纪，我的心里大概有底了。

  这段时光是静止的。

  我常常梦见我走在一条长长的街道上，街道非常安静，没有人也没有声响，感觉像是节庆狂欢过后，街景与人一起用力摇晃之后平静的舒坦。地上还看得见破碎的彩带与褪去颜色的彩球，散落在街面与房子之间的缝隙中。

  我往前走，就会看见我的母亲，脸上留着还未经历过迅速衰老的青春光泽。她站在街道的尾端，在阳光下对我挥着手，要我走到她的身边。

  这个场景我在相同的梦里已经历过不下百次，但是看见那双在宁静空间里摇晃的手，心里仍会泛起一阵激动，一阵兴高采烈的开心，起身走向我那年轻的母亲。在与母亲越来越近的距离中，我看见她雀跃的表情随着我的靠近而垮了下来，从带着笑的眼睛，到上扬的嘴角弧度，一直到鼓起的双颊，都开始由上往下拉扯。

直到真的站在她的面前，她那笑脸已经变成了哭丧。她说，不是你，你不是那个让我挂心担忧的女儿。不是你。

　　不是我。这是我会由这重复的梦境中惊醒的唯一原因。

　　母亲把罗亚恩失踪之痛牢牢地背在身上十年，没有一刻甩下身。我们从哭泣、愤怒、哀伤、痛苦、忧郁到沉默等待；然后，时光在这里便彻底地停止了。

　　母亲的模样也是从那个时候开始老迈，如同这场失踪在她身体里按上了加速键，一切皆那样迅速且无知无觉。当我看见她脸上层叠的皱褶深深地叙述着这段时间的空白，我才明白在那个梦境里母亲摇着头一遍又一遍地说着"不是我"的真正意思。

　　我想，除非罗亚恩的尸体或是活人真正地在我母亲面前出现，否则她的人生，还有我们这个家，就永远停留在沉默等待的这个地方，不会往前移动了。

罗亚安<br>1980.6.18

　　我把信看完后折起来，叹了一口气，准备走去理察的办公桌，与他一起讨论案情。理察却先走过来，手里还拿着两杯热咖啡。

　　"这位警察与我一起负责这个案子！"他背对着身后的人对我使使眼色。我一侧身，就看见葛罗莉那张安祥的脸。她礼貌地与我打过招呼，在我的办公桌前坐了下来。

　　"我想，那真的是安娜。"葛罗莉开门见山地对我说。

"你是说那具尸体?"我把桌上的相本合上收起。她瞄了一眼,没有多做表示。

"是的。"她语气肯定地点点头,紧紧抿了抿嘴巴。

"现在,事情是这样的,目前能够证明尸体身份的资料很少,发现的时间太晚,如您所见,尸体几乎残缺不全,我们只能从尸体大约的年纪来查明与联络。目前在 S 市年龄相近的报案失踪人口有六名,但仅有两位前来,一位是您,一位是十年前的失踪人口罗亚恩的姐姐。"我下意识地按了按口袋中的信。

"上次与我一起看尸体的那个女孩?"

"对。我刚刚收到她的信,她没有确定尸体就是她妹妹罗亚恩,但她热烈地希望是。"我凝视眼前这位气质优雅的女士,很老实地把情况告诉她。我无法说谎,我仍牢牢记着老警官把失踪案托付给我时所形容的她的心碎声。

"所以现在?"

"所以现在如果你有任何证据可以证明安娜身上的胎记或是可供确认尸体的身份证明,我想事情会顺利很多。"

"那么凶手呢?杀死安娜的凶手呢?"她突然语气激动地从座位上站了起来。

"我们会尽全力,相信我。"我抬头认真地望着她那双美得出奇但饱含忧伤的双眼,似乎要把我这句话的实体重量传达给她。她对我点点头,那股激动愤怒迅速被她巧妙地隐藏起来。

"好。问题是安娜身上没有任何胎记。从她出生,医生就说她的皮肤如同天使般光滑灿烂……那、那我回去找出安娜的就医证明。"葛罗莉没有坐下，转身走出警局。

随后，在真正提交证明尸体身份的证据之前，她们两人像是说好一般，葛罗莉天天来警局，后来甚至连警局的人都习惯让她自己踱步到长廊尽头的房间里，然后什么也不做，就这样呆呆地看着尸体，任凭窗外的阳光在她身上撒下与隐褪不同的折射。而我，每天都限时快递收到一封再未现身的罗亚安的信。

无形的沉重一天比一天明显。

她们两人之所以会成为理察口中的疯子，是因为她们轻易地把自己最脆弱的一面让我们看见，然后要我们决定应该怎么办。

没有什么比这样更恐怖了。

  我没办法不看着罗亚恩。一直以来都是这样。

  我们环绕着她，让她站在人群的中间，然后她会如往常一般地哼起一首曲子，听起来轻快得像是意大利的古老民谣。歌曲起伏明显，整首歌洋溢着陌生遥远海岸那种触及不到的鲜红热情，这是从某部她最喜欢的意大利电影中学来的。她喜欢把大她十一岁的我的那件珍贵又奢侈的红色洋装披挂在身上，扎起她丰盈的金黄色长发，慎重地由屋内踏向客厅的大门，一边喊叫着我们的名字，一边走向大门外那块深棕色的大理石平台。

  "安！你看我，快看！我要当新娘了！"

她的声音是童稚的音质，但在此时又因为兴奋而使得那嗓音变得尖锐刺耳，几乎不用走过去，就可以想象她因开心而涨红的圆润双颊。

　　"心肝，小心点，不要摔倒了！"我的母亲或者父亲永远比我早到亚恩的身旁，然后笑成与她一样涨满红潮的脸，一同走入屋外那块种满罂粟花的庭院，把她抱在怀中转着圈圈；或者牵着她的手，回过身走到客厅的电视机前面，让她真的如新娘般地在那儿摆弄着各种姿势。

　　我凝望着她，从未感觉过的父母的喜爱完整地被亚恩拥有。有些小孩就是有这种魅力，你会忌妒或者羡慕她与生俱来的那种吸收宠爱目光的能力，但是你也是被她那种无可取代的可爱深深折服的其中一人。

　　我的妹妹亚恩，活着，或者失踪，或者死去，我们都明白她就是这样的天使。

罗亚安
1980.6.19

　　我房间的墙上，贴着一张占了墙面的四分之一、已泛黄的老牌摇滚乐团"皇后合唱团"的海报。

　　海报的背景是镶满刺眼光芒的圆形舞台。中央四个蓄着落腮胡的男人，穿着样式一致的深紫色滑面西装，正仰着头高举双手，对着眼前的镜头或者观众，嘴角带着些许骄傲的微笑弧度。他们的眼睛大大的，眼珠颜色是湛蓝的，如同晴朗的没有任何云在其中的天空。那一抹蓝色抛物线细丝，正热烈地与旁边刺眼的光芒对吼着。

亚恩曾经把脸贴在这张海报中央的男人身上，告诉我她要成为一个万人迷，创造一个只属于她的摇滚时代。

"我要当万人迷！"我看着她张着浑圆的眼珠，异常认真地说出这句话，短小的手掌紧黏在海报上，五只肥胖的手指在墙上来回拨弹，如弹一曲无声的旋律。我几乎笑倒在地上打滚。

你知道这是什么意思吗？我爬起身，清清喉咙，假装镇定地问她。

那是……那是大家都如你那般爱我的意思。她闭上眼睛，嘴角上扬的弧度竟与海报中的男人一模一样。

这十年来，我用尽了各种方式，耗尽了想象得到与想象不到的力气，始终无法把那样的微笑从我心里抹去。

罗亚安<br>1980.6.20

我把这些信折起来收好，放在最底层的抽屉中。

收到第一封信是 6 月 19 日，限时快递送到警局的信箱中。隔天，又收到一封，再一封……这些信成叠成堆地承载过多的期待与想象，如一颗饱含忧伤淬炼的钻石散发出让人不敢直视的情绪光折，沉重得让我几乎一拿到信就能感觉那些随着时光流逝而逐渐平复的失去爱蒂的痛心，又开始从最底部裂出一条大缝。

这案子从发现到现在已经过了两个星期，如同其他沉寂到各式各样时光海域中的失踪案与凶杀案一样，没有任何线索与嫌疑犯，也没有任何能让警方打起精神的疑点。整个刑事组就在这一片让人喘不过气来的窒息感中，勉强让这两人，葛罗莉与罗亚恩，彼此安静且不间歇的心痛接力赛，横插进我们的日常，度过这段苍白的时光。

有时候，我会脱离警官的身份，顺从地跟在葛罗莉身后，两人一起沉默地各坐在殓尸房的两头，一起度过漫长的时间，一起看着苍白地板上的光影变化。尽管我明白这些家属的心痛与心碎，也愿意抱着属于自己的心碎与她们一起憋气沉浸到静止的伤心海域中，但是无形的压力终究会有溃堤的一天。

就在过了第二个星期后的第一天，警局上早班的同事刚换过班，就看见葛罗莉一如往常地安静走进警局中。虽然大家习惯性地从座位中抬头，目送她的身影进入最里的房间，但这还是让原本就安静的办公室里显得异常沉重。重案组组长恰在此时召开了紧急会报，当下把整组人全都叫进了会议室中。他发难般地先斥责了我们组，从办事的无能，一路骂到近期未侦破任何案子的烂绩效，然后愤怒地把手中的杯子摔到地上，吼叫着要其他组员全出去好好反省，只留下我与理察。

"那具无名尸是怎么回事？你们究竟有没有好好调查？"组长试图让语气平静，但是他脖子上的青筋泄露了他内在的愤怒。

"有。不过目前没有目击证人，而且尸体发现得太晚，很多线索都被破坏了。"理察捏着嗓子小声地回答组长。体型臃肿的他，此时手里拿着纸杯装的热茶，正卡在狭小的椅子上，不安分地扭动着下半身。

"你呢？怎么可以让那两个家属天天用不同的方式来烦我们？"组长转过来盯着我看。我从他已变得温和许多的口气中得知他还记得我请调来 S 镇的原因，但是他的目的也很清楚：这不能变成我的借口。

"因为那两个女人是疯子。"理察以更小的音量在旁边回答了组长。组长没有看他，一双锐利的眼睛仍直直盯着我。

"我在等葛罗莉提出关于她失踪的女儿安娜的身份确认，这可能是目前唯一的线索。罗亚恩的失踪案太久了，无法对这案情有帮助。"我说。

组长点点头。结束会议后，他准备踏出会议室时，意味深长地回头看着我，那眼神只透露了一个想法：那就是快。快点、加快脚步、上紧发条、全力以赴……我完全接收到组长这迫不及待的想法，那只有一个意思：他不想再见到葛罗莉的人与罗亚安的信，不管是什么，这两人都不要再以任何形式出现在他面前。

我与理察跟在组长后头，一走出会议室，就看见另一边的长廊尽头，葛罗莉正从房间走出。她完成今天的工作了。理察推了推我，我向她打了声招呼，她脸色凝重地把下巴抬起，示意要我跟她进房间。

"真的是疯子，彻彻底底的疯子！"理察按了按我的肩头，在我耳边小声地说了这句话后，转身走开。

我跟在葛罗莉的后面，一起穿越长长的走廊。玻璃窗射进白亮的阳光，我开始回想起第一次看见尸体的当天也是这样晴朗无云的好天气，金黄色的阳光打在翠绿的草原上，那随着微风吹拂，闪着亮光的绿色……

"警官，这是安娜的就医证明。"

回过神，葛罗莉已将低温保存的尸体从冰柜中拉出，翻开覆盖其上的白布，指着尸体左膝盖后侧方的伤痕。

"这伤痕是安娜在八岁时，与他父亲去市郊的公园玩耍，从树上跌下来造成的。当时我回到位于E市维瑞克街上的娘家处理事情，中间隔了一个月没有回家。等我回来后，我的丈夫也没跟我提及此事。伤口是由S镇最有名的皮肤科大夫处理，缝合得非常仔细，要不是从柜子下层翻找出这张就医证明，我想我永远都不知道安娜曾经受过这伤。"

我把证明接过来，对着尸体比照上面所形容的伤势。没错，长约4.5公分的伤疤，伤及骨膜与韧带，用人造皮肤缝合受损的真皮组织……这的确是安娜。我抬起埋在尸体与证明中间的脸，对她用力地点了点。葛罗莉先是对我礼貌地微笑，表示明白一切都尘埃落定了，然后瘦小的身体却在绽放强光的窗前剧烈地颤抖了起来，接着，她双手捂住脸放声痛哭。

接下来，我不知道该怎么告诉罗亚安。

我要理察打电话给她，简单说明后就挂上电话，不多接触也不多说安慰的话。理察摇头表示他无法办到。

"你自己打吧，我不想再跟她们有接触。很恐怖，感觉这项任务沉重得简直要把人压垮了。"

"那我呢？你没考虑到我的感受吧？"我有些责备地瞪着他。

理察当时正站在我的前面，听见这句话后低下头，然后又迅速抬起头来，睁大他那双细窄的双眼："有，我都有考虑你的感觉。但是我很清楚，你一定比我能够承受更多。"他倾身过来拍拍我的肩头，我却突然感觉到愤怒，非常非常愤怒。他一定是从哪里打听到我调来S镇的真正原因，平时都不吭声，却在这种时候插我一刀，把我推回那个过去中。我甩开他那只肥胖的手臂，用力推开他。他没有惊讶于我的反应，似乎早就预期我会这样反应，肿胖的脸上仍维持一种奇异的平静，漠然地转身走开。

就在我终于鼓起勇气，于午餐时间过后的下午准备拨电话通知罗亚安时，却先接到了上午已带着安娜的尸体离去的葛罗莉的电话。她在电话那头表示在这段时间中她与罗亚安私下联系过，所以这结果她会负责跟她说。

"谢谢你，你这样做真的很体贴。你现在还好吗？"尽管她是大家眼中的疯子，但是不知为什么，我却总有种自己与她拥有某种相同情绪的休戚之感。

"……嗯……"电话那头的葛罗莉开始沉默。我隔着电话，突然感觉安静无声的话筒中传来一丝奇怪的律动声。这音频不是真实地显示在听觉中，而是很抽象且直接地连接到我胸膛中的干干的心脏跳动声，扑通、扑通、扑通……似乎隔绝了现实的世界，仔细地在那跳动上覆盖了一层薄膜，肉色的，看不见的薄膜。

我深深吸了一口气。这是心碎声，那个老警官曾经形容过的她的心碎声。

"还好，这段时间真的很感谢。"她的声音仍旧镇定，但是我知道她的情绪处在即将崩溃的顶峰。我结巴地讲了几句安慰的话，然后像听见什么骇人听闻的恐怖声响般仓促地挂上电话。

我的身体发出强烈的颤抖。闭上眼睛，干干的心脏跳动声还响在耳际。

十年前的那天下午四点整，爱蒂与同学走出校门，先停下脚步微笑地与对方挥手说再见，然后右转走向那座绿色的电话亭。她停在电话亭前，抬头望着那扇反射出一片橘黄色黄昏街景的玻璃门，以及正前方表情有些不安的自己。然后她对着门拨了拨额前的头发，低下头调整书包的肩带，接着，费力地踮起脚尖，用力拉开电话亭的门，挤身进去。

她在密闭的狭小空间里先喘了几口气，心里仍想着早上爸爸与妈妈大声争执的场面。

他们怎么了？

是不是不爱对方了？

如果真的是这样，他们会不会也不爱我了？那真的好可怕啊……爱蒂摇了摇扎马尾的金发，发现这不是自己能想得通的问题，决心不再想，试着打电话回家看看。不知道他们是不是在家，是不是已经停止恐怖的争吵，像平常一样，会用甜腻的声音喊自己的名字，也会如往常一样亲密地叫着对方的小名，随时给对方一个拥抱与亲吻，然后告诉她一切都没事，那只是一场扰乱平日安稳生活的小冲突罢了。

没事了，爱蒂，都没事了！赶快回家来，爸爸准备带你们去那间只有特殊节日我们才会去庆祝大吃的西餐厅，里面有你最喜欢吃的专为小孩设计的儿童套餐，今天点儿童套餐还附送一只毛茸茸的小熊玩偶……

结果接电话的是一个陌生的男性声音。他告诉爱蒂，他是几年不见的舅舅克里夫，正在家里安慰伤心的妈妈。

克里夫舅舅啊。爱蒂很努力地回想对这个人的印象，她记起前年她的生日时，舅舅带了一支比她的玩具熊还要大的红色棒棒糖来，说是要给爱蒂一个人吃，谁都不能偷吃。棒棒糖非常漂亮，晶亮的桃红色漩涡从外转到内，一圈一圈从外围慢慢缩小，好像游乐园里的射飞镖游戏中那个她非常想要命中的红色靶心。结果爱蒂舍不得吃，放在床底下，后来长了一堆蚂蚁。爸爸把棒棒糖丢掉的那晚，爱蒂哭得好伤心。

"小爱蒂，你在哪啊？舅舅去接你回来，你爸爸刚刚打电话回来说今天晚上大家一起出去吃晚餐哦！"爱蒂兴奋地告诉舅舅，她现在正站在学校右边的电话亭中，会在那里乖乖地等着舅舅来接，然后大家一起开心地出去吃饭。她会看见爸爸与妈妈跟平常一样，妈妈把头靠在爸爸的肩膀上，亲昵地牵着手，好像永远舍不得放掉一样……

办公室后方的电话铃响起。我用力睁开眼睛，听见理察从外面进来的匆匆脚步声，以及接着拿起话筒压低声音的说话声。我叹了一口气，把右手放到自己的左胸膛上。

我无法恨克里夫，因为他始终不知道，他口中的神经病姐姐，我的妻子，我们当初在旅行中相遇时，马上深深被对方吸引决定把自己交给对方的原因。其实，我与他，或者我与我的妻子所经历的悲痛童年完全一样。母亲生我时难产而死，父亲认为是我杀了他的妻子，在我与他相依为命的时光中，他如同没有人性的猛禽般，天天用各种不同的方式折磨我，直到我逃离那个家，才终结那场漫长的噩梦。

所以我始终坚决地认定，自己是孤儿。

克里夫无法明白，他所报复的我们，是真正的生命共同体。

跟踪者凡内莎

**1980 年·夏天**

我是小贱货琳达。想要跟我性交，请拨这个电话：4863……

我站在这张A4海报前面，感觉血液从头顶刷地让全身瞬间沸腾起来。虽然海报面积不大，整体的色泽灰扑扑的，像是超市或活动中心前布告栏里的那些廉价的广告，但是"小贱货"这个词却在我的眼中突然被放得好大好大……足以遮盖住眼前全部的东西、走过的人群以及在脑中储存的所有记忆。

我想此时的我应该满脸通红，像只煮熟的虾子。

海报上除了上面这一行不堪入目的字之外，下面还有一张模糊的照片，应该是从网上下载打印的，照片里的琳达，表情则真的如那行字所形容的"贱货"般，咧开嘴巴露出上牙龈大笑着，裸露着削瘦苍白的肩膀。我不知道自己在海报前站了多久，身体热腾腾地燃烧了多久，听觉里的一切声音都开始萎缩，只剩下轰轰的不明确声响往远方消失尾音。

琳达是大我两岁、现年十八岁的姐姐。

我真的很讨厌她，我想她大概是全镇上最妄想成为明星或模特儿的自大鬼吧，成天把右手握拳放在下巴旁，对着电视机学那些明星唱歌，用做作的腔调说话与对答；要不然就在网上订购一堆奇装异服，在E市大家都穿牛仔裤与T恤的年代，她却已经穿着紧身的青绿色荧光半罩小可爱，下身的迷你裙更是短得让我不敢正眼看她。她有一群花枝招展的同伴，与她的装扮一个样，一样裸露得让人不敢正眼瞧，一样会在路过学校附近那家改装机车的店面时，让里面那群染发的恐怖分子像是疯了般地狂吹口哨，叫喊不堪入耳的下流话。

我记得我曾经与同学在放学的路上遇见琳达，当时她正与其他人坐在一台破旧的敞篷车里，引擎声大得令人侧目，撼动整条街都不得安宁。就在我捂上耳朵时，车子唐突地"刷"一声停在我面前。

车里头披头散发的她对着我大吼："嘿，女孩，跟妈说我今天不回家了！"

"什么？"我张大眼睛，什么都还未搞懂，那台车子就已经向前急驶，留下阵阵黑烟。

"凡内莎，那不会是你姐吧？好恐怖！""对啊，她们是不良少女吧！"我身边的朋友开始批评起琳达，还说她像粗俗的站街女郎与陪客人跳舞的酒吧舞女……我原本想争辩些什么，但是一回想琳达那副样子，除了这些形容词之外，我想不到任何可以反驳的话。于是我决定闭紧嘴巴，什么都不说，把已经低下去的头垂得更低，闷闷地踢着脚下被压扁的饮料罐。

就在这件事发生不久后，有一天，琳达在家里吃晚饭的时候，突然提出她要搬出家里，与其他同伴一起到繁华的T市居住与读书。

"你要自己搬出去？"母亲皱着眉，停下夹菜的动作，转头看着她。

"不是，我要跟朋友一起住，然后去那里读最红的圣保罗高中。听说现在当红的明星都读过那所中学呢！"琳达根本不看爸妈，也不看我，抬高下巴地形容她喜欢的明星与模特儿的八卦。

"你怎么可以这样擅自决定？"母亲的措辞虽然显得惊讶意外，但是语气却平静得很，好像她早就料到琳达会说出这样的话，只是刚好今天听到。

"你也说说话吧。"母亲无奈地转头看着父亲。

我停下继续吃饭的动作，与母亲一起看向对这荒谬提议拥有最后决定权的父亲。

"我想……"父亲只说了这两个字，便停顿下来。我的视线停滞在他那因长年耕种而满是风霜皱纹的脸颊上。这沉默的时间比我想象中的长，我不晓得父亲此时正在想着什么，他如同被人按了停止键一般，粗糙的手指关节持续地在饭碗上滑动。我看着他低下头正对着我的头顶已经灰白如一株苍老凋谢的盆栽，再过不久，上面的叶片会逐渐掉落，与大地泥土一起腐朽。

父亲与母亲在二十三岁时结婚，婚后十五年才生下琳达，再过两年后生我。母亲曾告诉我，之所以会那么晚生育琳达与我，其实是因为以务农为主的家庭环境并不好，婚后没有钱养育小孩，所以两人一开始没有打算生育。直到后来意外有了琳达，两年后又拥有我，父亲与她都觉得这是上帝的安排。她珍惜我们，也不想违背上帝的旨意，所以决定生下来好好养育。

就因为这样，我还记得母亲在1969年的冬天第一次踏进位于E市郊区我就读的那所颇负盛名的鲁迪中学时，所引起的骚动。

位于市郊的校园里种满高大茂密的桦树与榆树，每栋建筑物以圆形石头与砖头构成，再漆上米白色油漆，新潮中带点古典气息。一进入鲁迪中学校园，就可以见到宽敞得接近奢侈的体育场，崭新的篮球架框在阳光下闪耀，再加上活动中心有一座高级游泳池，整体景观漂亮且井然有序，是 E 市最多人就读的学校。他们长年推行入读的小孩身体与心灵健全发展的教育，吸引许多家长把小孩送来这里念书，成为 E 市风头最健的中学。但是实际上，读过这学校就觉得与其他学校没什么两样，仍旧会在高年级要面临升高中之际把体育课全占用来上算术或语言课。

我与琳达会进这间学校，只是因为离家很近，并且学费与一般中学一样。父母没有多想就把我们直接送进去，却没有想到这个存在着贫穷与富裕巨大差距的学校，会给我们带来如此深刻的伤害。

鲁迪中学在我进去就读的几个月后举办了中学一年级的全体家长会。在我的记忆里，那是一个下着大雪的坏天气。一早，我裹着厚重的深蓝色大衣与毛帽，从家里出门，小心翼翼地踏过布满雪白色霜状物的街道，抬头望去，四周的屋檐与街道两旁并列的车顶都结上了冰霜，呼出来的气体也成了混浊的白色雾状。整个世界都成了白色，仅有些微地方露出未被覆盖的异色。

我心里怀着不安，一步步谨慎地走往学校。像是某种坏预兆的不安感，从一早就深深地纠结在我模糊的意识中。我无法想象会发生什么事，但是隐约觉得接下来的家长会上似乎不会有好事发生。我一边怀着这个朦胧的坏预兆，一边尽量加快脚步走向学校。

事情发生在母亲最迟进入教室的时候。

母亲把灰白的头发杂乱地挽到头顶上方，穿着一件浅灰色的羽绒外套，胸口处沾上咖啡色的乌油印渍，一块块的印渍让外套看上去很脏，长年使用劣质洗衣粉刷洗的痕迹在日光灯下被照映得一清二楚。右手肘后方则破了一个露出里面白羽绒的大洞，再搭上下半身破损夸张的工作卡其裤，整个人黯淡穷酸得无以形容。当她佝偻着身躯出现在门口，把头半倾地伸进教室内偷觑时，我才突然意识到自己的母亲与其他同学的母亲很不一样。

当她一踏进喧嚣热闹的教室，大家全都安静了下来，分别转头注意这进来的是谁的母亲。她们犀利的眼神刺穿了所有的疑惑；我满脸涨红，才明白从早上到现在一直怀着的不安，原来就是眼前这个人。

当时非常尴尬而又恐惧的感觉完全吻合了我心底的坏预兆，两种感觉同时密合着这个不安，更是让我连气都喘不过来——尴尬的是，从未出过风头的我，自己的母亲居然造成意外的关注；恐惧的是，我必须在此刻举起手，引领母亲到我的身边。我极度害怕这会让我成为大家的焦点，这个与当下一切都格格不入的人，这个苍老得令大家窃窃私语是谁的祖母的人，竟是我的母亲。

我根本没有勇气把手抬起。

"请问您是谁的母亲？"我的导师莉迪亚，打扮得如其他家长一样奢侈华丽，正从讲台后的椅子上站起来，甩着一头金黄色的大波浪，态度傲慢地走向母亲。

"我是凡内莎的母亲。"

一开始，母亲表情漠然，但此刻却对着莉迪亚露出一个相当难看的微笑，让所有人像是终于忍不住似的发出奚落的讪笑声。我迟疑地半举着手，母亲瞧见后便跨越人群来到我身边坐下，对着我保持继续难看的微笑。我闻到一股烧焦的玉米混合煎炸鱼条的油臭味从母亲的方向浓郁地传了过来。我没跟她说话，只迅速把双臂摆在前面的桌子上，趴下来埋起我的脸。

我以为坏预兆到这里便是底限了，只要再忍一个小时，只要母亲或者我不要再被人注意，一切就可以结束了。但是，接下来的出糗，便是母亲在聚会中站起身来对台上的莉迪亚发问。从她嘴里冒出的艰涩而结巴的口音是一团团黏糊稠腻的面粉球，回荡在偌大的教室中，尾音的蹩脚更明显得让人难堪，一时让所有人掩嘴窃笑。

"我想知道学校……学校是怎样落实，落实，那个，体能与人格发展的？"母亲一站起身，油臭味溢得更加夸张。两旁的家长掩着鼻，我心中的不安慢慢地转为对母亲的莫名憎恶。

"就是在学科中间穿插许多体育课啊！像是让您的宝贝女儿凡内莎多打球、多游泳，我想她就会长得跟其他女生一样高喽！这些在教学手册上都有写啊，您不会没时间看吧？"莉迪亚丝毫不客气地回应了母亲，她话中强调的"宝贝女儿"更让其他家长笑岔了气。

"还有……"母亲继续站着，没有坐下来的意思。我抬起头看她，心中的愤怒更为明显了。我想我现在仍旧涨红着脸，却是愤恨的涨红。

"您先坐下吧！"莉迪亚瞄了那些捂鼻的家长一眼，"还有很多家长要提问呢！"

母亲顺从地坐下，直到家长会完毕，都没有再发出声音。

聚会结束后，我与她一起走回家，她小声在旁边絮叨着老师的无礼，还有整个家长会上她都没有任何收获。我没有回答，一边低头踢着地上染了浅咖啡色乌泽的雪，一边偷觑着絮叨的她。

母亲在外表上显得格外老迈，也格外黯淡。同学中当然也有与我们同样穷困的家庭，但是没有谁的家长像母亲如此不合时宜，像是其他年轻漂亮母亲背后的幽暗阴影，也像一道晦涩难看的黑线，在我与其他同学之间画出一条清楚的分界。我从未要求自己的母亲有多出众美貌，或我们家多有钱，我只希望她不要穷酸得如此明显，但是母亲似乎就是无法掩饰那副天生的寒酸样。

后来并没有同学当面指出这些地方，也没有人在我面前提起，但是我回想起她们发亮的眼神就会明白：母亲让我羞愧，也让大家尴尬。尽管我不愿这么想。

之后，我便在母亲询问下次家长会的时间时，故意欺骗她说学校已经取消所有与家长联系的聚会，有问题就私下自己找老师。我记得我说出这个谎言的时候，正坐在沙发上看电视的琳达马上站起来附和我，说我们就读的鲁迪中学早已经取消这些有的没的聚会。

母亲听完后点点头，没有再说什么。

当时我惊讶地转头看着琳达，她对我眨眨眼睛，回头看向母亲的脸上全是轻蔑的笑意。我的心里突然又涌起一种非常奇怪的情绪，是针对琳达的，但到底是什么我也说不上来。等母亲转身上楼后，我迅速走到电视机前面，一下子关上她正在看的电视。

"你在干什么！"我听见琳达在我后面大骂，走向长廊最里的房间时，我的脸上挂满了泪。

"我想……我想我们应该搬去T市，那里需要劳力的工作多，而且打零工的机会也比较容易找到。"沉默许久的父亲，终于把埋在饭碗里的头抬起，用有痰卡在喉咙的声音说着。

我看了琳达一眼。她瞪大眼睛，嘴巴微微张开，涂满深褐色与金色的眼影在餐厅的黄灯下闪着。我不晓得她是因为与同伴同住的希望落空了而失落，还是对父亲的回答感到疑惑。这表情让那张涂满化妆品的脸看起来很滑稽。

"那里的生活费应该比这里高出很多吧！你要好好想想，地主虽然收回了我们租的农地，但是我们可以跟后面镇上的罗伯先生租地啊！"母亲把手中的碗放下，提高嗓门地反驳着。

"他的土地你也不是不知道，那里的土壤被使用得太频繁，根本已经栽种不出任何健康的稻谷了。我想，趁这机会或许可以重新开始，到繁华的T市找个开卡车的工作，或到早晨的市场里打散工……这样应该勉强可以维持一家生计。"

父亲含痰的声音此时听起来竟有些哽咽。我看着他说完后继续低头吃饭的样子，意识到这段话不仅是全家生计最后的机会，也是父亲茫然许久后的决定。母亲再也没说话，而琳达也一反平日的聒噪，安静地吃完晚餐。

就这样，这场对话结束后一个月，我们全家搬到离T市不远的S

镇居住。事实证明,我们一家根本无能住到人口稠密且地价高企的 T 市,于是与其他同样想到 T 市找工作谋得求生机会的众多人一样,安身在 S 镇中。

老实说,我非常讨厌 S 镇。

当父亲开着老旧的货车载着我们一家大小与少得可怜的全部家当来到这个城镇时,我一望向窗外就看见城镇外头被浓雾染成灰色的连排大型工厂,暗沉砖红色的平房上头直插着一个个冒烟的烟囱,正朝同一方向吐出深黑色的烟雾。黑雾瞬间与旁边的雾气融合在一起,使得整个区域看过去浸在一片深灰色的黯淡中。

当车子终于驶上中间那条泥泞的道路,我看见窗外两旁的景色变成宽广无际的绿草原。这片草原很大,看不到边际,而视觉上浓绿得接近诡异的杂草,正随着微风乱颤着。尽管已经离开工厂区块,但是此时看见绿地,心情却没有轻松一丁点儿,相反地,却被这片稠绿搅和得更为焦虑。

车子加速往前方高耸的石墙开去,父亲在前面的驾驶座上呼喊起来:

"嘿,S 镇!我们来喽!"

他的声音充满压抑,似乎勉强地扯着嗓子把音调提高,希望能振奋一路上闷闭的气氛。坐在旁边的母亲则牵动嘴角,迅速回头看了一眼我与琳达。琳达早就睡倒在旁边打着沉闷的呼声,而我没有回应,把所有精神放在窗外陌生的景色上。前面的灰白色石墙上涂满了不明意义的英文单词与模样丑陋的符号图案。当车子开进石墙里,我看见右前方一尊农夫模样的廉价人像，底盘是石雕，上部却是用塑胶打造。这雕像大约有一个成人高，人像的脸已经被长年积累的灰尘弄得灰黑模糊，身上套着一件深色工作服，手里拿着一个牌子：欢迎来到 S 镇。

人像的后头是笔直的马兰伦大道，两旁各自延伸其间的巷道。房屋建筑望过去几乎一个样，连栋的浅绿色矮平房，外面配上一个面积狭小的庭园与一座米白色的木头栅栏。有几个穿着家居服的肥胖妇人，正站在外面的庭园里浇花、晾晒衣物，姿态笨拙地重复相同的动作。再往前开去，有几家外面摆着贩卖烟酒标志的杂货店与吃食小摊，散落在住宅的中间，店门口站着两个工人打扮的男人，留着一脸的胡茬，头戴廉价鸭舌帽，正往街道这边瞧着。

看起来或许也是外来客，他们对于任何时间、任何地点出现的外来客都非常适应，适应到连一点点的好奇心都没有。

这个城镇充满了腐朽的气味，映入眼帘的一切皆毫无生机可言，像一座死气沉沉的旧城镇。我不明白其他人怎么可以忽略这与死亡接近的气息，整天在此地正常地活动。这里并不是腐烂味熏天，也并非到处是即将死去的残疾人士或老人，而是有一种奇怪的颓丧感，从居民身上与房子里蔓延出来，如一条细密的线丝，紧紧缠绕住整个地区。

当父母亲把车开到马兰伦大道的尽头，在距离 S 镇活动中心的不远处一家叫做"甜心旅馆"的红色房子前停下、向后座的我们宣布今晚先住在这里时，我用力捏了自己好几把，要自己忍住不要哭。

过了两天，父母在这附近租了一栋毫无生气的平房，我们一家便在 S 镇定居下来。父亲在外面的工厂里谋到一个职务，母亲则到附近的商店里当售货员；我与琳达则在两个星期后弄好一切手续，进入 S 镇位于马兰伦大道边上那所建地宽广、也是 S 镇最多人就读的达尔中学。

苏利文警官来按响我家门铃的那天，我记得是 1980 年 6 月 25 日，一个周末的早晨 10 点。

房间里悬挂在窗户旁的绿色碎花窗帘，此时因为吹进一阵风而卷起一个好看的弧度。窗子底下的街道已经充满了假日里那种混合声响的喧嚣：机车的引擎声、众人说话的细碎尾音、些许的鸟鸣虫叫，还有从远方传来汇聚杂音的合鸣。

我躺在床上翻过身，侧耳听见他响亮的嗓音从外面传来，对去开门的我的母亲说，因为调查安娜的命案，必须找凡内莎谈些话。我好奇地从床上起身，把房间的门轻轻拉开一个隙缝，便看见母亲背对我，激动地骂起那不知名的凶手以及整个城市与社会风气的败坏。哗啦哗啦的高低起伏声与母亲那特有的古怪嗓门持续了好一阵子，几分钟过去后，苏利文尴尬地掩嘴咳嗽，询问可以和凡内莎聊聊吗。母亲回头喊我时，我已经穿好衣服，准备面对这个等待已久的时刻。

我走到客厅，便看见坐在客厅深咖啡色沙发中正低头喝热茶的苏警官。他抬头，对我微笑，示意我坐到他的旁边。苏警官长得很瘦，宽阔的肩膀说明他应该很高大，但是真的太瘦了，深黑色的警察制服套在他身上过于宽松，沿着肩线垂下的地方都是空的。他脸上的肌肉松垮、皱纹浮现，或许他以前比现在胖一些吧。他的五官明显立体，严谨的表情就像是天生该当警官的人。深邃的双眼皮眼睛上方，两条略染灰白的粗眉毛，只要一说话，眉毛就会纠结在一起，眼窝显得更深，鼻尖上细小的皱纹就会出现。

他先礼貌地向我作自我介绍，然后便在之后的对话里反复地提起安娜。

"我能与你聊聊安娜吗？"这是关于安娜的第一句话，也是苏警官来此的主要原因。我点点头。

"6月15日当天早上，在石墙外围的草原边发现安娜的尸体。在这日期之前，据安娜的母亲说，她离家出走已有一段时间。这之前她有什么奇怪的言行吗？"

"安娜平常在学校里人缘如何？"

"你与安娜有多熟？她曾经跟你提过什么人或事吗？"

安娜。

我闭上眼睛就可以清楚看见安娜的模样。这个在我生命中曾经占有一席重要地位的朋友，我们彼此的关系，却始终像最熟悉的陌生人。我想起我第一次见到安娜的那天，那是个出着大太阳、天空中一朵云都没有的晴朗天气。清空的天空像是云朵全都退后，让出一片空旷的无尘净地。

这记忆让我终身难忘。

　　　　我是小贱货琳达。想要跟我性交，请拨这支电话：4863……

第一次看见安娜的那一天，也是这张海报出现的那一天。1980年5月20日，进入达尔中学就读的第二个月。我那个时候的整体状况，回想起来仍旧是一片模糊，仿佛一进入 S 镇开始全新的生活，就沉浸到如同海洋底部的朦胧之境，混浊的空气与四周环境全都呈现一种严重的疏离感，被日常的一切狠狠堆开。我再也无法透过自己的感官去确认比如吃过什么食物或者与什么人交谈，在转瞬即逝的时光中，什么都无法被记忆到我的脑子里。

我学习把自己隐没在学校的任何人身后，让大家不要注意到我。我既没有朋友也没有要好的同学，沉默地独自上学、放学，成绩也尽量维持在中等。

而比我高出两个年级的琳达，在全新的生活中把本性全都显露了出来。我听过她提起她班上有几个男同学，家住她向往的 T 市，时常随口聊起 T 市最有名的百货商店与热闹之所，还有曾经在哪家餐馆见过几个二流明星与模特儿，她们的姿态与服装多么奢侈华丽。

琳达时常与他们混在一起，再由此扩大认识许多校内或校外的不良分子。他们一群十多个人时常流连镇上的撞球间与酒吧，喝酒闹事的小错不间断，也如以前一样偶尔不回家。爸妈则为了建立全新的生活而兼了好几份差事，根本没有注意到行为放荡的琳达。我后来才知道，那些男同学早已分别上了琳达，然后把这件事如炫耀或鄙视般地从班级里扩散出去：琳达是个喜欢让人上的婊子。

事情发生的那天，是个夏季将至的大晴天。

我记得那天上完游泳课后，我一个人去更衣室，看见班上的同学在我进入更衣室时全都用奇怪的眼光看着我。我本来就极怕生，也非常不喜欢引人注意，所以这些注视让我很不自在，也让我想起以前的许多不愉快回忆：穷酸的母亲第一次在鲁迪中学让我出糗，那早已塞进心底的熟悉的酸腐气味在嗅觉中散了开来……

　　我一边忍受着这些目光，压抑脑中所有不愉快的联想，一边到自己的置物柜中拿出衣服换上。没想到就在我合上置物柜的铁门时，看见那张贴满所有泳池置物柜上的海报。一个铁柜都没有放过，满满的海报，上面的女生对着大家露出淫荡的笑脸。

　　琳达。我那个整天与男孩子们鬼混的姐姐。或许是那些男孩们中某个的女友，因为不满琳达的作为而特别制作了这张海报，张贴在女生的更衣室中。

　　我的血液瞬间凝结。

　　"凡内莎，这是你姐吧？"我旁边的同学推推我，口吻相当鄙视。

　　"哇，好会动脑筋啊，跟大家都上过，做妓女做到学校来了！"

　　同学中突然叫喊出这句话，大家一哄而笑，尖叫与煽动的声音回荡在空旷的更衣室中，像是一波极大的海啸将空间整个淹没。我没有回答，脑中空白一片，血液此时似乎全部冲上了脑门，昏胀胀地全部塞满，一股强烈的晕眩与恶心感从身体里浮出。我紧紧地咬着自己的下唇，费力地握紧铁柜上的把手。

　　大家笑闹过后，没多为难我，一边像喊口号般喊着"贱货琳达！贱货琳达！"一边走出更衣室。等到这声响在远方消失，我的身体终于放松了下来，跌坐到铁柜旁边的椅子上。一抬头望着那一张张满满都是琳达的海报，羞愧与愤怒的情绪蜂拥上且褪去后，心里涌上的是一种十分陌生、即刻想要去死的模糊念头。

就在此时，我听见窸窣的撕纸的声音从后方响起。声音很小，但是持续地引起我的注意。我从椅子上站起身，走到一格格置物柜的尽头，看见一个中等个子、身材略瘦、仍穿着学校的黑色泳衣的女生，金色的头发披垂在两边肩膀上，正滴落着透明的水珠，认真地用手指抠撕着一张张海报。

那是安娜，我后来才知道她的名字。当时我不认识她。我在班上见过她，如我一样安静的女生，从未打过招呼讲过话，只是看过几次在课堂上沉默的身影，以及总是低着头走过走廊的模糊印象。当时我有些震惊，不晓得她为什么会帮我，也不明白她为什么连衣服还没换上，就站在这有些冰冷的更衣室中，撕着那一张张与她无关的海报。

"谢……谢谢你。"我走近到她身边，怯怯地吐出这句话。她回过头对我微笑时，十只手指并没有停止撕剥的动作。

后来我与她一起在更衣室中，花了两个多小时把所有的海报都撕了下来。在这过程中我们没有对话，回想起来，安娜从头到尾都没有开口说话，她很认真地重复手上的工作：用手指头把海报撕下，毫不犹豫地揉成一团（始终把琳达的脸包覆在纸团里），走到置物柜旁边的垃圾桶丢掉。

从这个时候开始，我的眼中只有安娜。

"安娜是个很安静的女生。她不喜欢说话，也不喜欢与人群待在一起，很多时候都是一个人行动，像一个神秘的独行侠。"

苏利文警官点点头，低下头在自己膝盖上的笔记本中写了些字。

"你知道她离家出走时去了哪儿吗？"

"我……我不知道，"我闷闷地摇了摇头，"我只知道她没去学校已有一段时间。她没来的第二天，她的母亲来学校找过导师。当时同学们都以为她生病了，她的母亲来学校帮她请假。但是后来过了一星期，安娜还是没出现，班上有些人开始传言她与镇上那个流浪汉绿怪人私奔，也有人说是绿怪人绑架了她！"我压低声音，像在讲述一个不为人知的秘密。

"流浪汉绿怪人？"苏利文挑起眉毛，手上的原珠笔飞快地在纸上写了些字，然后神情凝重地盯着我。

"就是天天穿着一袭相同的军绿外套、看起来很脏、时常在商店街附近徘徊、捡拾地上的烟蒂抽的那个人。"

"你是说流浪汉哈特曼？"他皱了皱眉头，拿起桌上母亲刚刚放下的热茶，放在嘴前停了一会，又仰头一口气喝掉，然后清了清喉咙。

"我不晓得他的名字。"

苏利文再度点点头，从他的表情看得出，他明白那人是谁。

绿怪人是 S 镇远近驰名的流浪汉。

没有人知道他是原本就居住在这里还是如同大家一样从外地来到这里的。大家私底下都戏弄地叫他绿怪兽，或是绿怪人。他终年穿一件军绿色迷彩大衣，挂在高大驼背的身上，底下是一条破损乌黑的深蓝色丹宁裤，连华氏 87 度的夏日高温都无法让他脱去这身招牌装扮，不由得让人联想他大衣底下的皮肤是否溃烂得让他羞愧地想遮掩，或者包裹在里面的身躯其实是多了一只手或多了一些其他奇怪器官的怪物？

绿怪人年纪不大，我猜他的年纪或许只在二十五到三十岁之间。佝偻的身型并没有掩盖他修长的身材与年轻的甚至还有些娃娃脸的长相。但在满是胡茬的皮肤上却布满发脓红肿的脓包与痘疤，像是长了水痘未好或是严重的天花患者，再加上他一身臭气熏天的气味，许多保守的居民看见他都闪避得老远，有些小孩甚至习惯站得远远的，拿石头丢他。

我曾经想象过他如果换上干净的衣服，脸上的痘疤脓疱全部消失，看上去应该会是个英俊的年轻人，像高中里最受欢迎的那位化学老师，身边总围着一群爱慕的女学生，永远都有收不完的情书与信件。但是看起来绿怪人绝对不懂干净打扮的重要性，于是他只会得到一堆奚落的嘲笑声与被掷石头的命运。

他时常出没的地点很固定，集中在 S 镇中心主要的商店街。我记得绿怪人非常喜欢去南西咖啡馆，在咖啡馆前捡拾群聚在外头打扮成牛仔样的中年人的烟蒂，再躲到旁边的屋檐下去抽。我从未看过他们嘲笑他，甚至还有几个看见他时颇开心地上前与他聊上几句，请他喝几瓶啤酒或一两杯咖啡。

我想是因为绿怪人的气质。他有种奇怪的、与他的打扮和落魄外表不相称的气质，或许是因为那双绿得像是清晨时山中澄澈透明湖水的双眼，以及深邃得无法形容的表情。我曾偷偷看过他与走出咖啡馆外扫地的老板娘南西说话，他一开口，所有的落魄与肮脏感好像瞬间都隐藏到他的话语之下；微微地倾头聆听，嘴上没有微微露出的笑容，还有那双出奇专注地凝视着你的眼睛，都让人感到诧异。我记得原本阅人无数说话速度如同机关枪的南西，似乎也吓了一跳，结巴地告诉他，如果天气冷，可以进来咖啡馆里坐坐，她通常都会在吧台熬煮一锅蔬菜汤请大家喝。

我第一次注意到绿怪人哈特曼，是因为安娜。

从那次撕海报事件之后，我变成了隐形在安娜后头的影子，一个在她面前便无法有姓名与身份的阴暗背后灵。

我不晓得该如何叙述或整理这庞大且奇异的情感。在我沉闷与绝望的生活中，从未出现一个发出亮光值得让我睁开眼睛集中精神注视的事物引领我向前。我仿佛长期蜷缩在一个困顿的海域中，四周全都是已经发烂腐朽、想起来就让人痛恨的各种东西。自从搬到了 S 镇，进入这个新生活之后，我好像浸沉到水平面底下，时间从我的头顶上流动过去，分钟、小时与日子都没有意义。所有的声音缩小且平静了上面的振幅律动，我感觉自己的内心在极其隐晦、黑暗的地方开始破碎。

安娜是我抓住的唯一浮木。在上面喘息，或者像栖息在高空中展翅飞翔的老鹰肩上，我可以站在她的背后，由她带领我重新认识人生。尽管我明白她永远都不会回头注视我，我也永远无法了解她是否超越我发烂的生活，世界是否可以环绕着她转，但是我只确定一件事，不管她有没有扛起生活中的这些不堪，我都笃信，眼前这个女孩，从她眼中看出去的世界跟我的绝对不同。

于是，在安娜前面，我甘愿做一个不发出声音的背后阴影。

从她撕下海报，默默地到更衣室换好衣服，捏着一头湿发回到教室开始，我便躲在她身后距离两公尺的位置，如一只黏缠的鼻涕虫，夜以继日地跟踪观察她。

每天早晨，她从位于马兰伦大道旁边一栋浅绿色的住宅走出，然后往达尔中学方向走。途中经过一些商店，她偶尔会抬起行走时老是低下的头，与旁边的邻居点头打招呼，或者用眼角余光迅速扫过街景。到达学校后，她总是拿出课本认真地读起来，上课时专注地看着讲台，低头抄着黑板上的课题，中午一个人到学生餐厅用餐，直到放学时间，完全不到他处逗留，安静地往回家的路上走去。

安娜的家与其他的建筑物无异。一样单调的浅绿色建筑物，没有如其中一两栋住家那样，外面的门边与窗子仍挂摆着去年圣诞节的红绿相间花环或一些俗气的装饰品。外面的庭院则是一片干净清爽的平坦草地，还有几株依序摆置的盆栽，看得出这家人严谨与接近洁癖的生活习惯。

有时候，一整天中，安娜一句话都没有说。我越靠近、熟悉安娜的一切，越让我不断地想起自己的家。死气沉沉的S镇、颓丧苍老的父亲、永远带着无法忽视的穷酸味的母亲、一个异想天开正如海报上所写的人尽可夫的姐姐琳达……但是，家不是一个地方，而是一种无法更改的状态，一种更明确地标示着我与安娜截然不同的可悲状态。

我不明白安娜的沉默究竟有什么意义。她在这个晦涩的城镇中那样地沉默，一句话都不说，如同一条翠绿安静的小河，从这个沉闷的城底流淌过，仍保持着没有沾染到任何气息的洁净光泽。我在她的背后深深凝视着，几乎要为这样的美丽而疯狂。

我记得在安娜失踪的前一个月，终于出现与我这几个星期观察她以来的行为异常之处。

那是一个周末前的放学时间，约是下午四点整。橘红的夕阳正斜照着整个城镇，给两旁单调的浅绿色住宅点缀上一点活泼的光彩。那天，安娜一反平日惯走的路线，穿过几条岔路与巷弄，来到了 S 镇的商店集中区。我跟在她的后头，心里正觉得纳闷，便看见她走向南西咖啡馆的门口，与坐在外边木头栏杆上喝啤酒的绿怪人哈特曼打招呼。

"好久不见。"哈特曼跳下栏杆，走到安娜的身边。

"我听说你在这里。听过大家形容某个流浪汉徘徊在这里的模样，我的直觉就是你来了。你是什么时候藏在这儿的？"安娜抬头望着他，眼神中充满温柔。

"有一阵子了，但是不晓得怎么约你出来。我知道你不喜欢这种热闹的地方。"他低下头，踢了踢脚边下的小石子，"最近好不好？"他停下前后摆动的右脚，站定望着安娜。

"一样，没多大改变。"安娜耸耸肩，把背包从右侧肩膀换到左侧。她仍仰头望着他，如仰望一株高大的树木，微眯起眼睛，测量着这些日子彼此的改变与距离。不久，两人并肩走进了咖啡馆中。

我躲到旁边树丛的后头，静静听着他们的对话，然后在他们进去店里十分钟后，我把齐肩的头发拨到脸上，也进入了咖啡馆中。

南西咖啡馆内比我想象中的宽敞，这天傍晚来得人颇多，里面的座位几乎都快要坐满了。木头装潢的吧台此时正散发着温暖且潮湿的气息，整家店则飘散着浓浓的奶油与烤面包的香气。南西正忙碌地穿梭在吧台与座位之间，她今天穿了一袭翠绿色的小洋装，蓬乱的红发松散地扎束在头顶上，整个人看起来朝气十足，似乎生意越好，那精神与动力也就越足。

我向南西点了一杯柠檬汁，选择了靠窗的位置。一坐上位置，就感觉底下的棉布坐垫吸满了阳光的暖气，让我整个人都放松了下来。我就坐在安娜与哈特曼的座位后面，一抬头，就能与哈特曼对上眼。但是这种情况从头到尾都没有发生，他们两人完全没顾及旁边众人的目光，一径地只低头细声地聊着自己的近况。

他们应该早就认识了。我一边啜饮着让我后牙根酸疼的柠檬汁，一边努力地想要偷听他们的对话，但就是听不见，只有含糊的几个字眼的尾音浮散在四周的空气中，然后迅速地与嘈杂的音乐融合在一起。我模糊地从眼前亲密的动作得知，他们是旧识，对彼此的气味还有习惯非常熟悉，没有任何陌生的阻隔挡在这些没见面的日子中间。

我吸光柠檬汁后，百无聊赖地用手指轻敲着木质桌子，盯着吧台墙上的钟缓慢地往前走着。就在一长一短的时针与分针同时停在"6"附近的时候，哈特曼把面前已经空掉的杯子移开，背对我的安娜随他站了起身。

直到他们再度并肩地离开南西咖啡馆往城镇外边的石墙方向走去

时，我看着他们一高一矮的身影，心头霎时涌上了一股被遗弃的悲怆感。我咬着下唇，在南西咖啡馆外头的大树旁跺着脚，无意识地在原地绕着圈子，才发觉我内心根本不想跟向前去，短短的几小时过去后，我竟无法再像之前那样无意识地紧紧跟着她。

我已经被我心中以为跟自己一样的安娜丢弃了。她不是孤单的，她和我不同，她还有哈特曼。

一种奇怪的生疏气息从这中间挥发出来，或许这就是我从未明了的爱情。这陌生的气味狠狠地扇了我一巴掌，让我捂着自己灼热的脸颊，看着他们两人的身影在远方消失。

苏利文停下做笔记的动作，把右手指捂在自己的嘴唇上摩擦几下，说接下来的话题需要我的母亲在场。我从沙发上起身，进厨房叫喊正在炖煮鸡肉汤背对着我的母亲。她皱着眉头，关掉瓦斯炉，嘀咕着一些不耐的抱怨，转身跟在我的后头，一起走到客厅中。苏利文这时已经从沙发上站起来，身体僵硬地挺直站着，高大的他在这狭小的客厅里显得非常突兀。

"除了询问安娜的事情，我此行还有一个目的。"苏利文把眼光从我母亲身上缓慢地转到我的脸上。

"是关于什么事？"我妈的双手在碎花围裙上擦拭。

"您的大女儿，琳达。"苏利文简短地说出这个名字，然后把嘴巴闭紧。

我突然感觉脑袋浮升起大片的空白。琳达、琳达、琳达……我在心里重复地呢喃了这个名字好几遍，脑中的空白开始浮现出影像，是海报上那个咧嘴大笑的模样，笑弯的眼睛底部闪烁着一潭湿润的水汽。

身旁的母亲似乎也感觉到不对劲，脚步跄跄地退后了一步，我伸手扶住了她。

琳达已经三天没回家了。这三天中，我们都习以为常地想象过，第四天或者第五天，如往常一样的傍晚，琳达会自己推开大门，穿戴着一身从T市买回的崭新的衣服饰品，坐进客厅的沙发中，大声嚷嚷着有什么东西可以吃，她的肚子快饿死了。

"昨天傍晚，也就是6月24日，傍晚6点50分，有人打电话报案，说在T市闹区的酒吧厕所内，发现了琳达的尸体。"

我的母亲一开始没有反应过来，几秒钟沉默过去后，她开始尖叫，持续地不断尖叫，声音激烈高昂。尖叫过后，她跌坐到沙发上开始放声大哭。

我艰难地扶着母亲臃肿的身体，轻拍着她的背，什么话都说不出来。苏利文低下身子，用温柔缓和的声音对我说，请你母亲节哀顺变，过几天他会再来请她去认尸。

我点点头，目送着苏利文自己走到玄关，转开门把，回头走出去前抬眼望了望这边。我与他仅有一秒的时间对看着，我看见他脸上闪过一种奇怪的哀戚表情，然后对我轻点一下头，把门缓缓关上。

姐姐罗亚安

**1990 年·冬末**

致葛罗莉女士：

很惊讶会收到您的来信，也为我拖这么晚回信致歉。

我记得收到信的这一天，我正等候着前些日子离开S镇前往T市工作的男友电话。这天的天气很糟，前几天的气象报告说强烈冷气团来袭，紧接着的这几天会有一波湿冷的雪季来临。我望向窗外阴沉的浓雾景象后，决定把屋内的暖气打开，再把家里客厅的地板扫一遍，然后进到厨房去泡了壶迷迭香花茶。正当滚烫的水煮开时，听见客厅的电铃响起，一封挂号的限时快递送达。当我签收后正纳闷是谁寄信来时，我久等的电话终于响起。

男友在电话里跟我简洁地报告了他前往T市工作生活的近况，包括在市区附近的一家电器行楼上，找到了一间不算昂贵的独立套房。约有二十坪大，正方形的工整空间，里面设备齐全，连面包机、烤箱与微波炉等用具以及所有日常生活的大型家具全部备齐，看起来上个房客离去时慷慨地没有带走任何东西，屋内的日常气息浓厚得像是始终有人在其中穿梭呼吸。

房东是楼下店家的一对老夫妻，七十多岁，人很亲切且随和，还说我的男友如果愿意，他们相当欢迎他随时下楼去跟他们一起用餐。男友说完这些生活琐事，随即讲起昨天上午向T市市中心一家著名的精神治疗中心报到上班的情况。我们聊了约半小时后挂上电话，从厨房里端出刚泡好的花茶，坐下来边喝茶边拆开您的信。

葛罗莉。我边读您的信边在心里发出一连串的感叹，仿佛时光迅速倒流，流转倒退到记忆中最鲜明且最波折的地方。

当时的整个情形，除了与您遇见，加上随后发生的事，现在想来觉得十分不可思议。S镇并没有多大，但是里面的大街小道非常蜿蜒复杂，封闭沉闷，我想，两个有相同悲惨经历的人（如您信中所形容的命运双生子），能够在街道上转角的同个地方，以及同一时间遇见，真的算是一种非常难得的巧合。

相信您也从我的联络地址得知，我已经从S镇内马兰伦大道附近密集的住宅区搬到远离S镇区块的南方地带。虽然地址的开头仍是S镇，但是地点却距离E市较近，是在E市的郊区，一块密集的山坡住宅区中。

读完五年的大学后，我便一个人从家里搬出；也就是说，我们五年前在"失去亲人之心理辅导聚会"相遇的那两个月聚会，我都是乘车往返这两个地方。

提起十年前，发生过那个与您难堪地错认无名尸体的事件后，全家人因此意志消沉了好一阵子。现在想起来，那真是段难熬至极的时光，即使在罗亚恩刚失踪后我们陷入了一种所有心理学都会明确指出的恐慌焦躁、胡思乱想、愤怒地相互指责悲伤以致以泪洗面的境地中时，都没有这个错认的突兀来得难熬。

应该说，罗亚恩失踪之后的十年内，我们当然努力跟随流逝的时间，缓慢地逐渐平抚最伤痛的部分，但是，刚刚通报无名尸体（之后确认为您的女儿安娜）时，我们，尤其是我的母亲，心里重新翻搅出极其激烈的复杂心情。

这极度激烈的反应是前所未见的。这也是为什么在指认尸体的那段时间里，我始终紧紧咬住尸体是罗亚恩完全无法松口的最大原因。

我记得十年前苏利文警官打电话来时，是1980年的6月17日，上午10点。

当时我在S镇的大学上历史课，看见校园里行政单位的教职员工匆忙跑进教室，说是接到我家里打来的电话，有紧急要事发生，要我即刻收拾书包回家。我怀着忐忑的心情搭公交车往回家的路上，一种奇异的不安感紧紧掳获住我，感觉自己从未如此仓皇失措过。

那天气温炎热，是典型的炙热干燥型夏季气候，我站在公交车司机后方的位置上，背脊流出了一身冷汗。我用手把T恤拉了拉，试图让车里的冷气灌进衣服中，但是新的汗水却从体内迅速涌出。我不断抹着大量的汗水，终于随公交车抵达马兰伦大道旁边的候车区，便赶紧跳下车，在烈日下奔跑回家。

是父亲开的门，他高大的身躯在旁边窗内弯下探出一个头，看见我之后马上开门伸手拉我进去。

"安，你妈疯了！"父亲干涩紧绷的声音回荡在安静的客厅里。

"怎么回事?"我压低声音,紧张地望向里面微亮着灯的房间,闷闭的家中有股奇怪的气味,让我捂起鼻子。

"今天早上,你妈正在厨房弄午餐,接到电话挂上后,跌坐在餐厅的椅子上发呆,瓦斯炉上的洋葱炖牛肉因此烧焦,后来炉子和厨具接连着火……我在外面整理花圃,闻到味道后跑进来,就看见你妈坐在火舌旁边,一动也不动地凝视着那团烈火!"

"天哪!你是说厨房着火了她都没有反应?"

"是啊,我后来紧急取下灭火器灭了火,正想询问她,就看见她面无表情地仍直直地盯着那块黑焦的地方。我拉椅子坐到她的面前,看着她的脸,突然有种不寒而栗的感觉。我瞬间明白这个时候她距离我相当遥远。她的心与她的人都是。我根本不知道,也没有能力说什么或问什么。我们两人在一片焦黑中对坐着沉默了很久。大概过了二十分钟,她终于从座位上起身,走近炉子,指了指那团刚扑灭的黝黑处,开口用沙哑的声音对我说:'已经很久了。我的心,一直就像这样。'"

"到底怎么回事?"我背后的汗在身上结成一种让人极为不舒服的恶寒。我把背上的书包放下,坐进沙发中的身体不自觉地打了几个哆嗦。父亲没有发现,他皱着眉头,像是思索着极难缠的问题。

"后来我问了她很久才知道,警方似乎找到了亚恩的尸体。"

"亚恩……"我闭上眼睛,明白这个久远的梦魇经过了十年,从遥远的记忆深处晕糊了轮廓,又辗转地回到了原地。


请问,我能直接称呼您为葛罗莉吗?就如您形容的命运双生子,我肤,奇异如上天的神谕。远望着她,犹如一株诡谲绝美、与岁月交融且不留痕迹的常生植物。

我看过妮雅夫人的一张照片。

那张照片放在妮雅夫人唯一一本自传的前头,而这本书虽只挂上妮雅夫人的名字,但实际上我的父亲是为这本书背后出力最大的功臣。那张照片由精确的光影交叠出一幅深刻的轮廓,矗立在强光之前,沿着宽广平坦的颊骨而下,那细致的弧度仿佛是古埃及的绝色女神石雕。

妮雅夫人如同猫眼石般透彻的双眼无情且肃穆地望向前方。如果说眼睛是一个人的灵魂之窗,我望着这张照片的第一个感觉是:这女人没有灵魂。

她或许见闻宽广知识丰富,或许听见与看见过人世间各种磨难或至极欣喜的时刻,又或许她的一辈子都在命运的颠沛流离中度过,但是这些东西完全没有深嵌进她的灵魂之中,也就是说,她的人生也许只是冷眼旁观这些变动幻化,感情皆无处安放,只是在一侧观望着。

我的母亲告诉我,当时妮雅夫人如神择般地宣布选父亲当那本书的助手时,两人欢欣鼓舞地外出庆祝了一番。妮雅夫人是他们年轻时代的偶像,他们两人共同的神,精神上全心全意信仰的心灵导师。尽管那些说起来让人醉心痴迷的经历故事没有深刻嵌入夫人的灵魂中,但是却对夫人所有的学生发酵,在心底深处彼此皆悄悄地延伸那些故事中折射的亮度。

就在那本书进行到三分之一时,某天夜晚,母亲到妮雅夫人的住处去找父亲。她当时因为隔天要回娘家一趟而给父亲打电话,但对方的电也从这词句所肩负的意义里，深刻感觉我们两人的命运仿佛被一条看不见的隐形线丝缠绕着，无法挣脱。

现在，就让我把时间倒退回十年前那个折磨人的失踪现场吧。在这之前，先和您说明我的家庭背景。

我的父母亲原本同在T市极负盛名的西滨大学担任客座讲师。父亲教授西洋美术史与美学，而母亲则是历史系严谨且授课精彩的著名女教授。他们两人就如同我们所知道的神仙伴侣般，两人各自的家庭皆富裕，在念大学时认识彼此，毕业后一起去海外深造，经过七年多的恋爱长跑，在众人的祝福之下结了婚，一年后生下了我。

我从小就在洋溢着幸福欢乐的环境中长大，接受最好的教育，拥有充裕的物质生活。在我的记忆里，家庭保护发挥了最大的功能，我拥有到的是比宠爱更浓稠、更紧密的关系。

我一直以为，我的家庭美满得接近童话。直到我七岁那年，母亲才跟我说，发觉父亲有了外遇。

不是一般迷恋青春肉体的恋情，而是更加棘手复杂的爱恋。对方是一位年长他们许多的女教授，是两人读大学时共同的语言学老师，之后又在工作上是上司与下属的关系。

这位他们昵称为妮雅夫人的老师，丈夫因肺病于多年前去世，一个人接下大学教职之前游历过二十多个国家，精通多国语言，见多识广且为人风趣。妮雅夫人终年穿着一身白色素雅的洋装，骨瘦如柴的身形有种特殊的气质，仿佛不食人间烟火般遗世独立着。花白的头发挽至头顶上方，脸颊上的风霜深刻地陷到骨骼下层，映衬着雪花石膏般透亮的肌话始终都在通话中无法接通，便搭了计程车来到妮雅夫人家中。母亲记得当时一按响门外电铃，父亲便马上来应门，笑容满面地在客厅迎接她的唐突到来。

一切都很正常，没有任何令人狐疑之处。母亲坐进夫人客厅中央那张宽阔奢华的深色沙发上，看着父亲又回复到工作状态，走到正在讲电话的夫人旁边整理那一叠稿子的双手却在凝滞的空间中微微地颤抖着。母亲敏锐地感觉不对劲了。

旁边的妮雅夫人似乎也发觉了父亲的颤抖。她右耳维持着紧贴听筒的动作，嘴里仍对着话筒絮叨着出版事宜，左手却伸出去轻轻按住父亲发颤的手肘。那雪白柔软的手一按上父亲的肌肤，父亲的颤动瞬间停止，如同雕像般原地不动；母亲却在此时仿佛穿透这些小动作感觉到一阵灼热的酥麻。

父亲正热切地爱恋着夫人啊。一切都还未开始，也还未进入到最初的发展，但是有股隐形的烈火正在其间燃烧着暧昧的情愫。

母亲知道，如同神般的妮雅夫人，对这一切发展看得清清楚楚。

母亲没有说什么，她只是保持冷静地站起身，表示不打扰他们的进度，向两人道别后，一个人独自回到家中。当时七岁的我，仍深深记得那个印象。那天晚上，我在房间里听见从外面的大门处传来熟悉的脚步声，便挣脱临时保姆的怀抱，如往常一样跑跳进母亲的怀里。那怀抱是冷的，冰冷得让触及到的皮肤感到扎刺的痛。

还是小孩的我，马上直觉地甩开母亲，放声大哭。我后来明白，当时我号哭的不是皮肤上的痛，而是将联结到到母亲心里的痛一并哭了出来。

母亲面对父亲的精神出轨考虑许久，跟许多遭遇丈夫外遇的女人一样，暗自决定再生一个小孩以挽回婚姻，这也是为什么母亲会如此重视罗亚恩；亚恩一出生，便肩负着挽回父母亲婚姻的重大使命。还有一个让人格外重视她的原因：她不是个普通的孩子。

葛罗莉，我这么说或许您会取笑我。没错，在所有父母亲与家人眼中，自己的孩子绝对是最好最杰出的。但是亚恩除了长得如同天使般结合了父母亲外貌上所有的优势，她的个性也像集众多人性中最善解人意的部分于一身，简直就像不可思议的神谕。

如果说，妮雅夫人的经历是上天给人类最大困境的某种神谕，那么，能与她匹敌的另一个神谕之人便是罗亚恩。

命运在这两人之间开了个奇怪的玩笑。

亚恩从小就有种奇特的能力，她似乎可以透过接触来明白那个人心底的想法与心思，不论是谁，只要心里怀着欢喜之情，她就会主动靠近要求拥抱。而相反的，心思杂乱繁复且忧郁终年的人一碰，她就会放声大哭，仿佛被电击。

我相信每个孩子都有其自身的敏锐感官，但是亚恩的这个特性简直让她如同玻璃易碎品般从一出生就标明着自己与众不同的能力，让逐渐明了她这天性的大人们都小心翼翼地修正自己内心当下的情绪，让混浊的心绪恢复清明，再如试验般尝试接近她。而这个反应似乎也从暂时的修复逐渐扩散成习惯性的明朗。每个人都爱她，除了她如天使般甜美的笑容之外，她也让大家至少在当下走出回旋复杂的纠结心思。

我记得妮雅夫人在自传出版之后，听闻母亲生下第二胎已有些时日，便在亲友相聚家中的大型派对上，带着几个昂贵的礼盒以及身后簇拥的众多如信徒般的学生，一同来家里探望。而已经一岁的亚恩，当时听见妮雅夫人按响的铃声，便唐突地在房子后头的房间里号啕大哭。不明所以的妮雅夫人故坐镇定地坐到母亲对面，亚恩却像是有人紧掐住她的脖子无法呼吸般，发出一连串令人心惊的哮喘声，卡在小小胸腹之间的恐怖喘息，让在场的人惊慌失措地同时拥上。等到被冷落的妮雅夫人尴尬地默默离去后，亚恩才又回复到完全没事挥动双手要旁人拥抱的可爱模样。

或许当时年纪还小的我多年后已经忘记了在场客人们的长相，但有一个景象深烙在当时的记忆中：一段诡谲至极的舞蹈表演。

当时，亚恩放声大哭而大家拥上前去时，我站在人群的后头，妮雅夫人的旁边，正仰头看她。她一听见哭声，表情便如身体内的血液急速凝结，毫无血色的美丽脸庞像是一尊瓷器般冰冷。她的双眼盯着眼前的骚动，我感觉到她的身体虽然正在颤抖，直觉却急迫地想要克制，但越是压抑，那颤抖却越强烈，到后来像是一个好笑的抖动傀儡玩具，在角落里颤动着身体全身上下的肌肉。

然而诡异的是，听觉里却是亚恩从似乎打拍节奏的爆炸性哭声到最后神经质的哮喘，哗啦哗啦地在角落里如瀑布般向大家冲击过来。在我身边的妮雅夫人那不受控制的颤抖竟随着这个韵律舞动起来，亚恩的哭声就像拉着妮雅傀儡的线丝，一二三、一二三……一切律动得恰到好处，妮雅夫人的手脚与四肢吻合着亚恩的节奏，跳起一个工整规律的丑陋舞步。

　　我记得我在旁边笑出了声。她听见刺耳的笑声,失血的苍白脸庞瞬间涌上大量的血色。她低头看我,四肢仍摆动着僵硬的颤动,眼神却难堪灼热,像是火烧一般。

　　这真是神谕的一刻。

　　我后来想起这个印象,仍能清晰地记起妮雅夫人那想要停止却无法停止的痛苦尴尬,对自己的束手无策,全显现在那双原本没有灵魂的双眼之中,便深深相信这两个人的的确确被命运联系在一起,被开了一个大玩笑。

　　妮雅夫人所造成的这场骚动,在场的学生们之后竞相传播着——这个在他们心中一直如同神一般存在的老师,其实内在的心思是相当邪恶复杂的,因为罗亚恩的能力众所皆知,而如同神谕的她号哭的原因从未失误过。

　　自那之后,妮雅夫人惯与自己学生偷情的传闻便慢慢地传了开来。而过后的两年之中,便因许多丑闻的曝光被学院罢免教授职务,一个人搬离了T市,再没有人听说过她的下落。

　　"这就是宿命论中所谓的一物克一物啊!"这是母亲对此事件的结论;但是无可否认,亚恩是有目的的出生,也完全担当起捍卫父母婚姻的守护者。

　　除此,如同小天使的罗亚恩个性也相当好,对着人微笑时,我想,看到她的笑容,人心都会因此融化。我的父母亲一直非常疼爱她。我记得我八岁时，妹妹亚恩一岁，我对于她夺走所有的宠爱简直无法接受。不仅我原本的独生女地位受到胁迫，她还抢走了所有人的目光，却完全没有可以挑剔的地方。当时我小小的心思都花在如何夺回一点点宠爱上，所以未曾发现全部家族里就只有我没有搂抱过她。

从小我就憎恨她，但是她却留了一个特权给我。

我记得我在到了十岁的那个年纪成长为一个非常惹人讨厌的小孩。或许是出于对亚恩的好性格所产生的某种逆反心，渴望吸引别人的注视；也或许因为家庭优渥，备受宠爱后所产生的骄纵之气。现在的我不得不承认，当年的我真的非常糟糕，除了冷嘲热讽家境贫穷且功课落后的同学之外，我还学会了各种捉弄人的把戏与恶作剧。

家人们容忍我，以我只是想要引人注意来作为我情绪失控的借口，但是相对的，在学校里，我逐渐变成一个不受欢迎的学生。受到同学的排挤而终于崩溃的那天，我在未放学的中午翘了课。回到家中，爸妈都不在家，仅有一个年轻保姆，正在厨房中做饭。

我记得我一进门就看见非常乖顺地坐在客厅沙发中的两岁大的亚恩，她一看见我就笑开了脸，倾身要我拥抱。这是第一次，我一直与她毫无独处机会。当时的我满腹愤怒与悲伤，心里的混乱情绪污浊得难以形容，但是亚恩的微笑冲击着我。我走过去搂住她，才想起自己满身污秽不堪的负面情绪绝对会引起她的号哭，便仓促地放开了她。她却紧搂着我，力气大得吓人，把我紧紧抱着，不但没哭，反而一径地笑个不停。

我明白她留了一个特权给憎恨她的姐姐。她愿意收起自己的神谕，无条件地爱我。

从那一刻开始,我决心好好对她,因为她是我的妹妹。我终于明白这句话的深刻意义。

葛罗莉,真的很不好意思,一写到罗亚恩,我的记忆便如潮水般涌出,没完没了地写了那么多……希望您能给我一点时间,让我有个对象倾吐,把对亚恩的记忆做一个回顾。

现在,我想我需要做几个深呼吸,来进入记忆中最恐怖的一段日子。

因为妮雅夫人离开,父亲便替代她的位置,取得专任教授的资格。1968年的夏末,第一个学期结束,当时T市的西滨大学分校,位于S镇马兰伦大道的行政区域中央,小型但设施完备,正缺少两位专业的教授。虽然必须离开T市重新适应陌生的生活,但总算是晋升,也算获得更专业的挑战。经过多日考虑后,1968年秋初,大学第二个学期的前一个星期,我们举家搬来S镇。

S镇。父亲说起这个小镇,会用"逝去的庞贝城"来形容。

庞贝城位于意大利南部的坎佩尼亚,该城建于史前时代维苏威火山喷出的熔岩流上。公元前89年,庞贝被划入罗马统治之下,因此其制度、建筑等,都沿袭罗马。公元63年2月,大地震带来严重灾害。虽然不久后即进行修复,但在修复其间,公元79年8月24日,维苏威火山爆发,将庞贝城埋没于火山灰之下。

会给父亲这样印象的S镇,是一个仿佛活在死去时光的地方。相信居住于此地的您,也会有相同感觉。谈到S镇,大家的第一个形容词便是死气沉沉,没有活力,活在一种毫无弹性的压力底下,各种命案频传,从各地来此居住的各种模样的居民没有统一的归属感,扎根在此的全都是些无感之人。即使晴天的时候,感官上也像蒙上一层浓密的、灰扑扑的阴霾,没有真正透彻的阳光。

但是母亲却非常喜欢这里,这或许跟她身为历史学家有绝对的关系。她曾经跟我说过她对S镇的感觉:

"就像活在历史中,活在每一个已经消失只从古老书本中才能见到的古城里。这里的气氛的确很荒凉,也很让人丧志,但是能看见蒙上雾气的阳光。在缓慢流动的光线中往前走,身体机能有种被往后拉扯的感觉……每个人的面貌神情都像是古代石雕般地规律变化,充满坚硬的冷漠,房子建筑也同样的统一疏离,这些独特的历史感只有S镇才有啊。"

我的母亲在这里居住一段时间后,简直疯狂地爱上S镇。她会一个人在课余时间悠闲地走过S镇的每个街道小巷,欣赏各工厂与房舍建设,还有街道两旁的景色,然后回来兴奋地告诉我们,她今天又发现了什么与记忆中的哪段历史吻合,而什么又在这一片沉寂中勾起她的强烈兴致。

直到亚恩失踪前的这段时间里,我们算是度过了一段平静安详的日子。

罗亚恩在她六岁的时候,也就是1970年6月5日下午,被我的母亲带着到S镇上的卡罗超市购买家用品。那天的天气非常晴朗,一个没有一朵云的大晴天,放眼望去全都是亮闪闪的金黄阳光。

我记得那天一早,准备出门上学的我被这样纯粹的晴朗震惊了。这是生活在 S 镇中从未有过的晴日，我记得那天全家人的心情都非常明朗，从澄澈的玻璃窗望出去，可以看见附近家家户户的邻居脸上涨着红润的笑颜，——把家里的棉被与衣物拿出来在庭院中晒。

母亲也在洗涤家中的衣物之后，带着罗亚恩去超市购买家用品与冷冻食物。母亲记忆中的亚恩出门前与到达超市后，脸上始终保持一样的微笑。这让她刚开始回想时没有任何疑问，因为乖巧的亚恩脸上时常都是愉快的模样；但是，她失踪后，母亲被心中纠结的愧疚与愤怒折磨时，在脑中反复播放重要时刻，就会想到其实亚恩维持一样的笑容，轮廓与弧度都那样地相同，那样地呆板，其实是一种诡谲的不合乎时宜的预言。

母亲说她与亚恩两人愉快地进入明亮的超市，在冷冻库那里拿了几瓶家庭装的鲜奶与水果酸奶，始终微笑的亚恩便对母亲开口说，她想要吃包装盒上面印有一只肌肉发达的橘红色老虎的玉米片。

那是由 1875 年成立的芬奇公司出品的。这家公司出品各式各样的早餐玉米片、草莓和巧克力口味的动物饼干以及内含塑料玩具的葡萄巧克力，全都是专为讨好爱吃甜食的小朋友所生产的食品。芬奇公司出品的早餐玉米片，包装皆是模拟人型的动物群像，而这种老虎包装的玉米片，则是所有各样玉米片口味中口味最甜腻、不耐多吃的一种。

我记得我们家从未吃过。从小不爱吃甜食的亚恩，难得竟要求母亲购买此盒玉米片。而母亲当时也未多想，除了宠溺亚恩之外，她事后回想，这是亚恩与她去过超市多次后第一次要求购买东西。

母亲推着手推车，到达众多早餐玉米片的商品区，发现老虎玉米片因销售不佳，被放置到最上方的后排，让一堆公鸡玉米片挡得死死的。她说当她隐约看见包装中的橘红色，放下握紧的手推车踮脚去取柜子后方的玉米片时，还依稀听见手推车中亚恩如银铃般的笑声。

仅过了五秒不到，拿到玉米片回过身，手推车里的亚恩已经消失不见。

亚恩被抱走的那一刻，或许她的能力消失了，没有哭闹，甚至没有发出一点惊恐的声音，又或许神谕般的能力还在，而那个歹徒是以一种诡异的爱怜之情抱走她。

想到这里，简直粗鄙污秽得让人不敢想象，谁会对这样小的孩子产生感情？肮脏变态的恋童癖好者吗？还是其实什么都没有，只是爱上了亚恩如天使般的外表，怀着纯洁的心境把她带走？

我们无从得知。

亚恩从那一刻到现在，仿佛在这世界上消失了。什么天使笑脸与神谕般的拥抱，一切发生在她与我们之间的情感与记忆全都随着时光流逝幻化成不确实的记忆，如一阵烟被吹散消逝在空气中。

亚恩曾经存在过吗？她曾经真的有形体、有肉身地走进我们的世界中吗？不是只是单薄如一张白纸般的记忆而已吗？时间越久，我越有这样的疑惑。所以现在对您坦白记忆着亚恩的我，其实也是怀着某种不确定的情绪，以不自觉颤抖的手尽力书写下来的。

当时，我对那具尸体的莫名坚持，其实只是抱持着小小的奢望，奢望能够再见到在记忆中愈发淡薄的亚恩最后一面，印证罗亚恩从来不是一片脆落的记忆，而是拥有完整的生命，走进过我们的世界中。

母亲在罗亚恩失踪后，一直持续五年，神经质地在家里所有角落尽可能维持着亚恩还在的模样。她独自睡觉的房间里，粉红色的床垫，墙上贴着她在幼儿园里画的图画，餐厅长桌的第二个位置总是在用餐时间放着她的餐具，还在各个角落放置关于罗亚恩的数不清的东西。

看起来一切都没有改变。家中的气氛，流逝的时间，被一种悲伤的力量强制停留在那个时间点。亚恩未曾离开，未曾失踪，所有的家庭成员都可以清楚明了地感受到，我的父母把生理时钟调到 1970 年 6 月 5 日上午，那个出着大太阳的晴朗日子，然后所有的感知能力与所有的身体代谢，记忆的流逝演变，都停滞在那个时刻。

这不是家，这是罗亚恩的纪念馆。

这种强制让时光停留在此的举动，让每天的视觉或心理感官相当受折磨。不止折磨，我觉得这段时光简直荒凉，我甚至觉得自己无法继续在时光中往前走，时间在这里静止，让我毫无成长。

那么五年后呢？我不知道，因为我已经大学毕业，把独立生活当作借口，搬出那个让我喘不过气来的家。

葛罗莉，在此还是要为当时的混乱情况对您致上最深的歉意。

十年前的误认，或许命运便是用这样奇异的方式，让我们两人开始交叠在一起。现在的我想起以前，深深觉得在自己阅读过的书籍中读到的许多关于过往会随着时光流逝而淡去的事实并不皆然，很多事情的发生其实都开启了日后的每一个日子或者每一个瞬间吧。

命运总是如此不可思议。

写到这里,我在桌前抬头望着窗外,外面下起了雪,昏沉的天色覆盖住整个街景,只剩下外面街道上的晕黄色路灯,仍旧在昏暗中散发着细小的光圈。一察觉写完信已经过了三个多小时,右手的手指就酸得让人忍受不了。多年前,曾经因车祸在手腕处受过的伤,如今在寒冷的天气里,竟从骨子里开始发散出阵阵痛楚。

下封信再来说说我们事隔五年后的相遇吧。

我们意外相遇的当天上午,我接到家里打来的电话,因年老的父亲近日身体不适,母亲希望我回家一趟,所以我才特地回到S镇。仔细回想,除去重要节日在外面餐厅的聚会之外,我已经快三年没有回家了。在这个时间点上与您碰到面,真是命运的巧合。当我一个人转身离开街角,不到一个小时内,竟遇见了信中前面提及的男友,也就是在您记忆中失去亲人之心理辅导聚会的负责人杰森。

这一切,让我非常惊讶命运的奇妙安排。

敬祝平安美好

罗亚安

1990.2.27

绿怪人哈特曼

1971-1980 年・夏初

我记得曾看书上提及，一个人在濒死时，脑中会出现很多画面，就像缤纷的走马灯，也像剪辑了人生最精彩片段的电影，或是塞满各种器材的大型游乐园。悲伤、快乐、愉悦、幸福、愤怒、困扰、难堪……所有情绪会在这种时候蜂拥而上。

"怎么样？临死前，你脑子里出现什么？"

一个满脸胡茬的秃头胖子，睁大被脸上的横肉塞在眼眶中的褐色眼睛，完全看穿我的心意似的，低沉地在我耳边吼着问我即将死亡前脑子在想什么。我直愣愣地看着那孔点三八口径的黑洞，正笔直地对准我的双眼中间。冷汗不断地从身体的各处冒出来，像是一个四处破洞的大水球，从里面往外流淌出冰冷的液体。我闭上眼睛，强迫自己不要继续看着那个黑洞，但是闭起眼睛的世界是一片荒芜的全黑，空洞洞的、敲不开的黑。如果我可以继续活着，我想我会去找出那本书的书名与作者，告诉他濒死的最后一刻根本他妈的不是狗屁走马灯，而是一片黑，一片绝对老实的黑色，或许就跟死后的世界一样黑。

然后过了好几秒，或许是好几分钟，我紧闭的眼睛仍能感觉到那支该死的枪还在我的面前。胖子似乎非常欣赏我濒死前不断颤抖的身体和扭曲到恐怖的表情，他不再说话，只是饶有兴味地盯着我看。而我，仍紧闭着我的双眼，该死的眼皮则乱颤个不停。

闭眼过久的那片黑暗里，逐渐浮出我母亲的脸，那个住在康乃狄克州封闭乡下的老母亲，她喜欢叫我蜜糖，好像我永远都长不大，永远是在她膝边撒娇的小孩。

我记得最后一次见到她时，场面极为尴尬。我们坐在房子外面的庭院木餐桌上，她摆了整桌的食物，包括三明治、蜜烤猪脚、腌制的牛肉切片以及一盘盘的水果，户外的苍蝇与蜜蜂在食物上方盘旋着，嗡嗡作响地吵个不停。母亲不断地要我吃下这些食物，而她则对好久没回去的我叨絮地报告家里每个成员的近况。

哥哥贝利与强尼正在知名大学攻读博士，我的两个姐姐莎拉与贝希卡，一个嫁给了律师，最近怀上等待好久的第一胎，便辞掉了原本的会计师工作，正在家安心修养，她的老公还贴心地帮她请了一个西班牙籍的保姆；另一个姐姐贝希卡则刚拿到艺术硕士学位，目前正在纽约准备她个人的影像展出。

"你姐姐说，这次展出要把以前小时候的照片，也就是那几张你们五个站在这棵榆树下，手勾着手一脸亲密的模样，一起放在展场的正中央。贝希卡说你小时候总喜欢晒得很黑，皮得不得了，去钓鱼时都会把钓竿夹在石头缝隙中，然后一个人在到附近的河里游泳和偷偷尿尿。她每天晚上在睡前都会用梳子好好地梳顺你的头发，再亲你的脸颊好几下……"

"不要说了！"我把吃到一半的鹅肝酱三明治推开，不耐烦地在那些盘旋的苍蝇中间挥了挥手。

老母亲根本没听见我的话。"强尼之前打电话来说最近认识了一个女生，是一起攻读博士班的同学，好人家的女孩，过阵子要一起来康乃狄克州看我……"

"叫你不要再说了！"我站起身子，用大吼的嗓音向对面的老母亲咆哮。

她终于听见了，顺从地闭上嘴巴。在那几秒钟尴尬的沉默里，我们对看着，母亲或许不知道此刻要摆出什么样的脸，于是，便在我面前把那张苍老的脸撑起来，用力微笑着。这个笑容却在此刻把我心底积压许久的愤怒一股脑地勾了上来。

我跨过桌子，用力拉起老母亲的衣领，把软绵如同破布的她按在那棵榆树树干上大吼着：

"求求你不要说了！不要再说了！你让我好讨厌我自己！你知道吗！哥哥姐姐们一路念最好的学校，知识、学问都塞满他们聪明的脑袋，而我，你始终不让我念书，只叫我在家里自学、帮忙家务、搬东西、干粗活……愚蠢和无知是你唯一希望我学到的，这样我就一辈子离不开你，离不开这个该死的小城！这是你期望的吧？你就是希望把我绑在你身边吧！我恨你！我恨那些聪明的哥哥姐姐，我他妈的恨透你们了！"

老母亲在我面前的脸原本还有种不知所措的惊慌，隐藏在粗糙皮肤下的皱纹一时间全浮在脸上。我看见她睁大眼睛，像被按了开启开关，泪水开始往下流。

"不,蜜糖宝贝,你误会了……你不知道我多怕你生病,怕你去学校会遭到欺负与歧视……你不知道我多害怕上天给你的先天惩罚会如影随形地跟着你一辈子,所以我才决定这么做……都是因为我害怕你会受到伤害……"

我颓然地把压按在母亲身上的双手放开,头也不回地离开了那栋平房与蹲在榆树下痛哭的老母亲,一个人走了五个多小时到达城镇边上的火车站。那时天色已晚,附近的路灯亮起昏黄色的光线,四周安静得出奇,只有间歇的虫鸣在暗处喧嚣不已。我在车站的长椅上窝了两小时,终于等到最后一班火车,坐了六个多小时回到 S 镇。

这期间我滴水未进,也没开口说一句话。脑袋两旁的太阳穴痛得要命,老母亲最后说的那些话像凿刻石雕一样狠狠地凿进我的脑袋与心里。那些话串连着太多回忆,我的头越想越痛,好像被枪打开花的脑壳,从里面汩汩流出我空洞且贫乏的人生画面。我闭上眼睛,听见火车轰隆轰隆的声响和远方传来许多说话的杂汇声。

那些说话声越来越清楚,全然盖过了火车前进的声音。我把紧闭过久的眼睛张开,除了视觉暂留的奇异色彩,便看见一个长型的黑色的洞,堵在我的脸面前。

"喂,肥奇!货已经送到了,你放了他吧!"

"什么?货已经到了?"

"刚刚老盖瑞打电话给我,跟我说货没有问题;不仅安全送达,而且质量好得不得了，要跟你谈下次合作的细节！"

哈哈哈……我先听见一串粗厚的笑声，然后看见那黑色的洞从我脸前移开，随后那个秃头胖子移到我身后。我仍跪在悬挂着一盏昏暗灯泡的地下室中间，湿冷的水泥地板上。黑色的枪从我面前移开、危机宣告解除后，潮湿的腥臭味才慢慢地涌进我的感官中。我用手抹了抹一头汗水的脸与脖子，把手捂在鼻子上。

我讨厌这味道，让我作呕。我的大哥贝利以前最喜欢趁母亲不在时把我塞进房间壁橱中，就是这味道，不管在狭窄的壁橱中待多久，出来许多天后仍紧紧黏在皮肤里，好像整个臭味已经与我融为一体，刷也刷不掉。

小时候养的一只黑白混种的小猫就是死在这个壁橱中，好久后才被发现，使得那恐怖的腥臭味永远无法消散。

"很臭，是吧？我们到楼上去聊聊。"

眼前模糊的人影对着我说，伸手扶着我因闭眼太久以至于站起来有些晕眩的身体。我头昏脑涨地爬上楼，外面是一条非常狭小的小巷，仅有两盏路灯，能见度非常低。对面是一家中餐馆放置的大型垃圾桶，食物的馊味弥漫着整条巷子，几条野猫聚在附近的地上，正津津有味地吞食着地上的剩菜。

"你叫什么名字？"

眼前的男人递给我一根烟，我终于看清楚他的模样，大约四十出头的年纪，长得非常高大壮硕，全身强而有力的肌肉紧绷着。他有一头深棕色的茂密头发，脸上戴着一副黑框眼镜，穿一件深灰色的休闲西装外套，里面配着一件印有绿洲合唱团团名的白色紧身T恤。脸上的表情与五官搭配起来斯文温和，又融合了某种精明的运动教练特质，很像一个有为的律师或建筑师，休闲时间会去参加大联盟棒球赛或篮球赛。

"哈特曼。"我接过他的烟，他凑过来帮我把烟点起。抽了一口之后，我简洁地报告了自己的名字。

"我叫法兰西，肥奇的私人助理兼会计师。你怎么会来帮肥奇工作？"

"因缘际会吧，一时也说不清楚。"我很享受地抽着烟，尼古丁进入身体里，全身的经络和关节，慢慢地在体内舒缓开来，再把烟一口口地往地上那些野猫的方向吐去。野猫们没有受影响，仍大口大口地吃着剩菜。

"话不要那么少嘛！我很有兴趣听啊，反正我保证肥奇不会再烦你了。"

法兰西也学着我吐烟，把外套脱掉，轻松地挂在自己的肩上。于是我看了看他，想想毕竟这个人刚刚把我从枪口下救出，跟他说说也无妨。于是，我们两人便一起把手中的烟抽完，走出巷子，到外边的露天酒吧坐下。他坚持要请我喝酒，于是我便不客气地点了一杯又一杯的威士忌。再接下来的时间里，只剩下我在说话。

这是我辈子第一次说那么多话。我发现法兰西是个很好的倾听者，或许他也适合担任酒保之类的工作。专注凝听我说话的他，表情相当严肃，一点诙谐或者嘲讽的笑都没有露出，只是专注地盯着我的双眼，身体有些前倾地侧耳听着。说到最后，我甚至觉得自己似乎在向神父告解，在那个拥挤的告解室空间里，一股脑地把自己所有污秽肮脏的往事全都掏出来说给眼前这个第一次见面的人听。

我后来明白，法兰西是个天生的倾听者，再加上口风甚紧，所以最得大佬肥奇的信赖。

遇见肥奇是在两年前的夏天，在 S 镇那条潭亚河支流的岸边。那遭遇现在想起来还真是件离奇之事。那时候的我正处于一种非常悲惨的状况，身无分文，从口袋里能掏出来的只有一支笔、一本黝黑肮脏的小笔记本、几个铜板、身上穿着的一件灰色线衫及口袋里面仅剩三根的万宝路香烟盒，没有任何有屋檐的住所。深夜无人的清冷公园、永远亮着灯且嘈杂不已的火车站、中央广场的坐椅或者巷道内的阶梯，都是我过夜的地方。

当时我二十岁，离家刚好整整两年。

自从我十八岁那年决然地逃离康乃狄克州的老家，就持续过着贫苦且艰辛的流浪生活。原本打算一路上找零工赚生活费，却发现一切并没有那么简单。独自流浪让我明白先前在老家与老母亲保护下的我其实只是暂时隐藏在世界的角落，除非我永远待在那里，不伸出头来看这个世界，否则最基本的生存问题皆在出走后一一出现，也让我终于明白，我跟其他人多么不一样。

我生下来就患有先天性皮肤溃烂。我老妈告诉过我，小时候她曾经背着我看过城里所有的医生，他们对此怪病束手无策，都说伤口是从真皮组织内层最脆落的部分开始扩散，吃或抹任何药只会让溃烂更加严重；套用我老妈对此的一贯说法：这是上帝给我的考验。

从小，我的外观看起来就像终年披了整套糜烂的外衣，发炎的脓包与大片的红肿是基本的底色；情况不好时，在那大片的红肿上方，则会长出一粒粒如硬币般大小的水痘，望上去相当难看，且掩盖了我其实身强力壮的年轻本钱。

我记得出走的两个月后，我已经花光了身上所有的钱，第一份工作便想要去当地农庄替庄家工作。那时刚好是玉米与大麦的收成季，而在镇公所的公告栏中，皆会张贴哪户人家需要招雇大量的短期收成人员。

到达镇上时约是早上十一点整，发现那里早有一群看起来跟我相同年纪的年轻人，他们都是长期徘徊在各个乡镇公告栏附近寻找打工机会、从外边拥来或本地的年轻劳工。大部分是没读过书的混混流氓、不知道前途在哪里的茫然流浪汉，还有因做过牢留下前科无法找到正常工作的年轻人。

我们一群大约十个人便在当场聊了开来。我记得一名蹲在旁边角落抽烟、身上套了件深蓝色工作服、一见到大家就站起来大声问好、满脸皆是浅色雀斑的年轻男孩，他自称尼克，住在离镇上不远的另一个地区，前来此地寻找工作。

就在大家抽完烟一起动身前往农庄应征的路上，尼克告诉我，他不喜欢念书，且有阅读上的障碍，很多单字都不认识，所以无法找到较好的工作，每年的这种收成季节就是他打工赚钱的最好时机。他的妈妈要他一定要拿钱回家，至少证明自己是个有用的人。

尼克说话时尾音带有浓重的南部腔，听起来顺耳亲切。他很好相处，这是我对他的第一个印象。有礼貌，谈吐随和，看起来脾气也很好的样子。在前往农庄的这段路程里，我一边与他愉快地聊天，一边觉得或许在这段流浪打工的期间，他将会成为我的第一个朋友。

我们循着路线大约走了十多分钟，前面是一座独栋的两层白色水泥房子，其后则是一片大约一万公亩的农地，望过去黄澄澄的一片，随着微风的吹拂，视觉上非常舒服。已经站在门口等着挑选劳力的老妇人大约五十多岁，穿着一身浅橘色的宽松连身碎花洋装，头上绑着同色系的头巾，望上去一脸和善，臃肿肥短的身材与满脸笑意的红脸很容易让我联想起我的老母亲。

"在这段收成的时间里，我们提供三餐食宿，工钱是当天现领。我想你们现在进农庄里用餐后，马上就可以开工了！"

老妈妈微笑着用浑厚的嗓音向我们开怀喊道。其他人爆发出一阵欢呼，我也跟着举手叫好。这等于免费吃一餐，马上有工作可以做，至少在这段时间里，我不用跟强烈的饥饿感搏斗了。

我笑着望向眼前的老妇人，此刻她在我眼中像救世主或圣母玛利亚般神圣美好。或许这是个好的开始，我暗自想着。离开老家，离开熟悉的环境，离开疼爱我的老母亲与哥哥姐姐们，原来没有那么恐怖困难，一切都会在这里好起来的——前所未有的信心在我心中萌芽。

"你，就是你！皮肤怎么那么恶心？会不会传染？"老妇人这时看向我，手指戳向我，眉头皱起来，一脸嫌恶样。

"不……这是天生的，不会有问题的！"我慌了，用力对着妇人摇手,这场美梦不会一下就碎了吧?于是我急忙走上前解释,其他人则在同一时间后退,跟我保持一定的距离。这时候每个人都不想跟我有关系,刚刚那种同命运感的亲切与熟悉瞬间化为乌有,我瞥见连尼克也退得老远,把脸转向另一边。

"我们不要这样的人,你离开吧。"老妇人对我摇头,说完便双手插着腰瞪着我。

"请你不要这样对我,我已经好几天……好几天没吃饭了。我的身体很好,我可以做比大家多一倍的工作,只拿一份薪水就好!"我卑微地哀求着,希望她能看见我的溃烂皮肤底下拥有的是与大家相同的工作能力。

"这样吧,"老妇人似乎一眼望穿我根本不想离开的心意,或是她每逢收成季总会碰见这样的无赖,所以有数百种的手段对付像我这样的人。

"你们谁赶跑他,今天的工钱加倍!"

她尖着嗓子对着其他九个人大喊。这句话一出口,我看见站得最远的尼克率先弯下身子捡起地上的石头往我这里用力砸过来。那颗石头准确地击中了我的胸口,爆裂的疼痛马上在身上炸开,我的知觉突然有了现实感,那个痛让我拔腿转身跑开,边往前奔跑,边听见那叫骂脏话的南部方言从身后传来。

这是我第一次找工作的经验,而这个经验,仿佛是之后不祥命运的预兆。

就这样,从十八岁离家到两年后遇见肥奇,我已经无法回想起当时是怎么熬过来的，或者能活到现在是个奇迹。在各种混乱、肮脏的地方度日，捡垃圾桶里的食物吃，想办法结识餐馆里的服务生与厨师，低声下气地讨好他们，希望他们给我至少干净的菜饭，那段时光就像一段一段破碎且卑微的影像记忆。

它们有时候会动摇我的生存意志，有时候什么都没有发生，我的身体满溢着各种疲惫与病痛，意识里充满了对这个世界与生命的无法理解。

有时候我会想起我妈说的关于上帝考验这件事。老实说，我始终不懂这考验背后的意义究竟是什么，是比一般人更难以生存下去吗？还是我注定就是要待在世界的角落边缘忍受着所有的寂寞？

我第一次把自身独立的肉体丢进到世界里一起转动，结果却是如此悲惨不堪。

遇见肥奇的前三个小时，我正经历着人生中最古怪的一件事。

当我到达 S 镇时，那时刚好是正午太阳高照的时刻。至于我为什么会选择来 S 镇，只是出于后来学到的生存法则。应该说在这段时间中，我已经明白大城市对我这样有着破烂皮肤的怪人是异常残忍无情的。街道上的路人越是衣着华丽整齐，我的模样就越被放大，遭遇也就越凄惨。还不如隐藏在落魄的乡下或者名不经传的小镇中，怪样的我才能在其中好好存活着。

我记得自己当时又热又渴，所以一看见泛着晶莹光芒在阳光下闪动的潭亚河，马上脱光身上的衣服跳下去游泳。河水沁凉，河底的石头又是踩上去非常舒服的鹅卵石，不像一般凹秃不平的岩石扎脚，所以我游了好久。爬上岸时，四肢与身体已经体能殆尽地发出疲倦的酸软感，于是我静静地躺在岸边晒着太阳。

这里的风景美得像诗篇。我觉得自己仿佛置身明信片中里的风光一般，有清澈见底的河流和翠绿得像是梦中才会出现的森林。我终于放松一路以来的紧张与焦虑，悠闲慵懒地享受着这片美好的景致。

我猜自己把双臂枕在头壳后躺下没多久便睡着了。不知睡了多久，耳畔边持续响着规律的河水流动声，醒来时脸上还留有阳光灼热的痕迹。但是我仓促地捂着脸，迅速抓起旁边的衣服，来不及套上就奔跑到河旁的大树后头。吵醒我的是枪声，响彻云霄的枪声，如巨型爆炸的鞭炮声一般，充斥了原本安静的空间。大约过了十秒钟，我看见两个壮汉朝这里奔来。

他们高大的身型远超过我记忆中属于高大类型的任何人。我想那阵枪声应该是他们发出来的，但很巧的是，他们追赶对方到达这里，站在我刚刚悠闲地躺着的那块草地上时，两人的枪里已经都没有子弹了。

"喂，我算过了，你的枪没子弹了！"其中一个举着枪，撇头往地上吐了口口水。

"你的也是。"另一个冷笑着，仍没有放下举枪的手。

我小心翼翼地不要发出声音，屏住呼吸，专注地看着两个人。他们气喘如牛，鼻与口皆喷出短促的呼吸。我看着他们两人仍举着手上的枪对着对方，双方距离不到三步远。两个壮汉约有两米高，穿着蓝色的格子衬衫，一模一样的棉衬衫，底下套着一样的深色牛仔裤。

或许因为他们两人身型一样高大、穿着完全相同的关系，那画面看起来很古怪，好像镜中人正把手上的枪对着自己。我眯起眼睛，试图让视线穿越刺眼的阳光与极近的距离，仔细看清这两人的长相。两人大约四十岁出头，浓眉大眼的凶恶样，看着对方的眼神锐利有神，粗糙的皮肤呈褐色，深咖啡色的头发扎在后头成一个马尾，人中与下巴处留有浓密的胡子……我的天，我在树后倒吸一口气，他们俩长得一模一样！是双胞胎！

他们就这样对峙了不到一分钟，同时抛下手上的枪，往对方身上扑去，像两只凶猛且训练有素的大型斗兽，从身体底层涌出原始、暴力的战斗本能。两人的动作完全一致，每次出拳的重击几乎要致对方于死地，拳头像一枚铁锤重砸在对方身上，肉体被重击的闷响与不时发出的哀嚎声震动了宁静的河域。潭亚河两边的森林里不时有惊慌的鸟群飞离时发出的鸟鸣声，腥膻的血味与莫名的暴力感笼罩了四周。

我看得心惊肉跳，心跳急促，鼻与口也如他们一样喷出急促的喘气。我不晓得我现在该怎么做。我不敢走出去，不能让他们发现，也完全没有能力制止他们。我想象那如巨人般的硕大身型，若以重力一拳挥打在我的脸上，我的五官一定马上移位。

眼前的两个人都习惯出左勾拳，互相猛击着对方的肋骨与肾脏处，完全不用脚力，只是你来我往的互相猛挥重拳，被扑倒或被用肘与膝掠倒的一方——忍受着另一方猛揍自己的脸和身体。我眼前的画面像电影慢镜头特写般，被击中的瞬间，一方所承受的撞击，随着肌肉被震开的力量，扭曲了脸上的五官，鲜红的血从伤口与鼻孔嘴巴飞溅出来。在这段窒息的时间里，被痛殴的一方没有任何闪躲与移步，两人毫不在乎自己的伤口与痛楚，只是异常地专注在攻击对方。

这两人有什么深仇大恨啊？我混乱的脑袋里出现了这样的疑惑。

不到十分钟，眼前的两人皆已满脸的鲜血，身上也处处溅满血迹，蓝色格子衬衫被血染得湿淋淋的，喘息与哀嚎声没有间歇过，出拳的力道与速度也变得缓慢笨重。我看见其中一个人突然迅速往前撞倒压在另一方的身上，右手利落地掏出牛仔裤后头插着的刀子，干脆地刺进另一方的胸口中。

没有哀鸣声。我看见被插中倒在地上的那一方颓然地松开紧握的拳头，摊平身上的每处关节，像一只被放干血液的牛。

这一刻，眼前嘈杂喧嚣的打斗场面突然停止，一切归于平静。前方的河流仍响着清澈的流动声，远方逐渐传来清晰的鸟叫声。

杀死另一方的那个壮汉，看起来十分疲惫地跌坐在地上，艰难地把身上的血衬衫脱了下来。他的每个动作都缓慢困难，看起来受伤的痛楚终于顺利地传达到他的感官中。脱下衣服的他，缓慢站起身走到河边，冲洗了自己的脸与上半身，然后再光裸着退回去瘫倒在石子上。

"小子！出来吧，看够了没！"他突然把脸转到旁边，对着我喊了一声。

我原本已经随着暴力的完结而平抚的心跳，瞬间又加快起来。我紧张地吞了吞口水，双腿开始发出无法控制的颤抖……他知道……他知道我从头到尾都躲着观看他们打斗？

"出来！难不成你要我过去抓你？"他大声吼着。

我吓得根本不敢迟疑，加快脚步从大树后头走出，走到他的身边。

"我，我不是故意躲在……躲在后面的！"我靠近他身后时，一直试图解释自己的处境，但是眼前坐在地上的壮汉大手一挥，要我闭嘴。

近距离地看见这个人，才发现他身上的伤简直布满全身。身体多处骨裂，赤裸的身子处处是鲜红的伤口与淤青的肿块：鼻梁断裂处不断流出鲜血，前排牙齿有几颗带血地散在地上，两个眼窝肿得几乎睁不开眼，没有一处五官是完整的，胸膛上更是布满了各种颜色与猛力撞击的痕迹。他微仰着头看着我靠近，双眼像是看见强光般吃力睁开。

他费力凝视着我的眼神，似乎这时才从兽变回人般地恢复了平静。我发现这个人与刚刚我躲在树后看的模样相当不同。他的眼神中有股奇异的温和，扭曲的脸颊与细微的动作则带着一种说不上来的鲁钝与轻率，但是整个人又有些异常平静的柔软。此时，阳光与微风落在他深咖啡色的头发上，闪着一种奇特的金色光芒。

"我想我可能快不行了……你不要说话，先听我说。这是我隐藏多年的秘密，没有人知道，而我……我真的不想带着这个秘密死去。"

我顺从地点点头。尽管这诡异得不像话，但我只能选择在他的旁边坐下来。他困难地用双臂蜷起自己的双腿，用沙哑低沉的声音，断续且费力地说出这个秘密。

我是雷蒙,大家都喊我雷。我记得我老妈喜欢叫我小雷。每次她在众人面前喊我时,我都会脸红得低下头,因为这绰号实在与我从小就高大的身形颇不相称。

而我现在要说的这个秘密,发生在我十五岁那年。我记得在我老家,就是在 E 市南边的偏远地区,那社区平房旁的一块空地上,有一栋大人总警戒小孩不能靠近的废弃的屋子。

大家都称呼那是鬼屋,一栋藏着各种想象的鬼魅的神秘之地。

那其实是一栋建筑到一半因建筑商与买方谈不拢价码而废置的烂尾楼。这栋被丢弃的荒凉屋子与我们孩童时所认知的"真正的屋子"或"家"相去甚远,而时间久了,那个地方的各个角落总会有几个流浪汉在里面,把那当成避难居所,所以大人才会故意给那屋子蒙上一股诡异的色彩,要我们心生恐惧,不去靠近。

事情就发生在那栋人称鬼屋的屋子中。当时,我们一群小孩翘了课,跑进了那栋屋子中,说要去探险,要去考验胆量。记忆里一进到建筑物的里面,终年未照进阳光的内部,寒冷得让人从骨子里开始害怕了起来。但是没有人愿意认输,大家都逞强地挺起胸膛,毫不畏缩地踏进了屋子。

当时,我们一群人沿着楼梯爬到了四楼。在这空旷屋子的中央,有一个用窄木板搭建起来的木桥,中间则是一个大洞,直径约有一公尺,我想是工程建设到这里时停工所留下的。

"来!我们轮流过去,走最慢的就是输家!"

其中一个带头的高个子，我记得他叫迪克，是我们这群孩子的头儿。当他对我们喊出这句话时，我们一群七八个小孩，便煞有其事地乖乖屏住呼吸，一个接一个地走了过去。那条窄木板非常细长，看起来很不牢固。但我想我害怕的不是眼前不牢靠的板子，而是我从未透露过的，我有极严重的恐高症。

我记得大家都顺利走过去后，只剩下我一个人排在最后。他们在对面叫着我的名字。

"雷，大块头雷！你不会怕了吧！哈哈哈，原来大块头怕高！"

"赶快过来啊！双脚不要像娘们一样发抖啊！"

我硬着头皮，但是踩在木板上的脚就是不自觉地发抖。在我的记忆里，从空旷的窟洞望下去四层楼高的距离，与地面真的相当遥远，像是踩踏在三百英尺①高的半空中，周围空荡荡的什么都没有。一低头想要控制双脚的颤抖，就会直接往下看见那恐怖的高度。一开始，我憋着气一股脑地踩到木板中间的位置，但是等到必须要往下走过木板时，从心底涌出的恐高症，源源不绝地从身体的四处散出。我站在木板的中央，全身起了严重的战栗。

我想呕吐，晕眩的脑袋与眼前的视觉开始转起许多奇异的色彩。我感觉自己内在的五脏六腑全部移了位，心脏在喉头间怦怦地跳着，手里捧着自己绞痛的胃，脚底下也软绵绵得像是随时会瘫掉。

对面的他们也看出我的恐惧，慌乱了起来。他们改口喊着"加油，

---

① 英尺，1 英尺约合 0.3048 米。

你可以的,不要害怕啊"的打气话,但是没有用,因为我正处在"我从未明白自己的恐高症其实是那样地严重,严重到我根本无力控制"的境地。

就在我缓慢地、一点一点地往他们的方向移动时,突然,那个被孩子们簇拥着站在洞窟对面的迪克,不知怎么地,产生了坏心眼。就在我终于就要到达对面时,恶作剧地大力往地上踏了一下,我用尽全力才聚集的勇气与求生意志瞬间溃散,重心不稳,往底下的地板摔下去。

我不知昏迷了多久。据我母亲说,是暂住在鬼屋的流浪汉替我叫了救护车,而严重的伤势让我无法久待在家乡较落后的医院中,当天晚上便彻夜地转往大城市中设备较完善的大医院就诊。我大概在医院里躺了一个多月。肋骨断裂、双脚的膝盖与骨头严重受损、肾脏受伤,还有其他数不完的毛病。

复原期间,我的父母亲愤怒于整个事件的经过,不希望我与那些朋友继续往来,便在我休养期间,于一个夜里,悄悄地举家搬离那个地区。


就在我三十五岁那年,因为投资失败,从朋友那里间接得到消息,S镇上有人愿意无条件收购我惨败的生意与欠拖的债务,唯一的条件是,成为他的左右手。

这些年里,我一次都没有回来。从前的家乡E市与紧邻的S镇几乎成为我的最大梦魇。没有人知道,多年前摔下去的那一刻,我脑中的感知力在那几秒里莫名地放大好几倍;或许是身体集中所有的恐惧而产生的奇怪机制，那挥舞在空中的双手，往下跌落时的极大惧怕，跌落到地面的瞬间所有骨头与肌肤粉碎的痛感，像是烙印在我心底最深处，想忘也忘不了。

我从未想过要遗忘，怀抱着从前的秘密恐惧活到现在。

我记得我第一次见到要收购我生意的人，商人大佬肥奇，是在一个冬季下雪的夜晚。我穿着厚重的羽绒大衣，嘴里呼着白雾，缩着身子与介绍人进入 S 镇的一家酒馆中。肥奇一群人早已坐在隐藏的昏暗贵宾室里，身后一字排开约五个穿着黑色西装的保镖，每个看上去都比我矮了一截。

肥奇看见我非常热情，要我与他面对面坐着，倒了上等的香槟在杯子中要我喝，但是之后闲扯的话题都跟我失败的生意无关；最近的棒球赛事和镇上发生的新闻。只要我一提及生意，他便狡猾地把话题岔开，说有个与此相关的重要人物还未到场，不用如此急切地谈这件事。

没多久，我便有些尿意，于是走出贵宾室，进入前方酒馆吧台右边的狭小厕所内。就在这时，我永远忘不了那奇幻得不像真实的一刻。我记得我站在尿斗前完事后，转头对着墙上的镜子照了一下，在昏暗的灯光与略带脏污的镜子前拨了拨我的头发，粗鲁地抚过我喝酒后长满胡茬略红的脸颊。

回过头准备出厕所时，我的双脚已经站在厕所窄矮的门口，却有了仍站在刚刚镜子前照着镜子的错觉——因为在此刻，眼前出现了一个与我一模一样的壮汉。

我倒吸一口气，感觉全身的血液都凝结了。或许眼睛的大小与鼻子的高度没那么相似,但是相同的身高、发色、脸上胡茬的位置、穿棉布衬衫的衣着打扮,简直是翻版的另一个我。

对面的他倒是看起来一点都不惊讶,轻松地喊了声"嗨!小雷,好久不见!"就走到后面尿斗前径自上他的厕所。

我疑惑地在门口站了好些时间,不懂这瞬间发生的事情与情绪。但是回过神走回贵宾室时,已经有些喝醉的肥奇看见我,又似乎一侧身看见我后头的人,便堆满开怀的表情站起身,告诉我与身后这个另一个我,将来我们两个便是他最得力的保镖。他甚至想给我们两人取一个绰号:雷蒙兄弟。

我后头站得直挺挺的人,就是刚刚那个与我极相似的人。我转过头去时,眼前这个与我极为相似的人微笑地跟我握手自我介绍"好久不见,我现在也叫雷蒙!"时,我感到非常诧异,脑中一片空白,什么事情也无法想起,眼前相似的脸孔、微笑的模样在面前放大,再放大……

我的心里塞满了许多疑问,被一种诡异的气氛笼罩住了;但是之后,肥奇根本不让我们有说话的机会,转头对着大家大喊,他们两人,两个无人能比拟的高大壮汉,从此将取代所有保镖的位置。而那些常年与他为敌的散乱联盟与帮派,再也没人能动他肥奇一根寒毛。

我因为债务的关系,不得不顺从这安排,进入肥奇的事业,当他的左右手。我这才知道那个与我极为相似的人是迪克,童年在镇上带头的孩子王,让我怀抱着终生无法释怀的恐惧的迪克——我这辈子最痛恨的人。

之后的时光中，我被迫与这个诡异的，与我极为相似的仇人迪克相处。

就在这段时间中，他告诉我，十五岁那年，我从鬼屋的四楼跌落下去之后的这段空白时间里所发生的事。当时，他们一群小孩眼睁睁地看我摔落到地面四肢摊平地倒下后，吓坏了，一轰而散。他也拔腿从鬼屋里奔回家中，把自己关在房间里一个礼拜，脑袋里一幕幕的全都是我跌落的画面。

"这些年来，我一直都在打听你的消息。当时我以为你死了，摔死在那栋废弃的鬼屋里。那件事发生不久，你们全家突然消失了，没有人知道你们的行踪。

"有传闻说是你的父母因为你的死去而悲伤得无法继续待在家乡，便决定搬离；更多的传闻则说你因为摔伤变成终身残废，你的父母为了医治你，决心搬到大城市居住。

"大家都相信这些小道消息，有几个小孩甚至草草地在鬼屋后方的空地替你起了一个空坟，煞有其事地写着你的名字，你生卒的详细年月份与简陋的墓志铭。一开始，大家时常在那座空坟旁聚会，对着坟墓说话，哭泣。在坟旁放些新鲜的玫瑰与百合花束。但是时间久了，大家也就自然地把这件事放到脑后，任由空坟荒废，逐渐被野草淹没，继续过着自己的生活。

"只有我，我永远无法遗忘这件事。"迪克有一次喝醉，满脸通红地像是跟我告解般哭得稀里哗啦,"我告诉自己,除非哪天见到你的尸体或者你的人,否则我永远不会死心。我甚至告诉自己,我把雷蒙害死了,是我狠狠害死了他,所以我给自己易名,让认识我的人都叫我雷蒙,你的名字。我决心让自己的下半辈子,替你断掉的人生接续下去!"

我沉默地望着眼前与我一样高壮的大汉一杯接一杯地猛灌酒,在我面前像个孩子似的一把鼻涕一把眼泪地絮叨着这些转变,以及他多年来纠结的对我的心情。在这场对话发生的几个小时里,我桌前的酒仍完整地摆在桌上,我连碰都不碰,保持清醒的态度,听完他所有的话。

他的声音高昂尖细,速度一旦加快或情绪激动,便像是舞台剧台下汇聚的各种喧嚣,嘈杂地让人想要捂上耳朵。话里的涵义被如此杂乱的音频干扰,让人听不懂很多尾音。而既然听不懂或不愿意听,我就忽略它。

但是,更多时间的我,心情处在一种奇异的、事不关己的异常冷漠中。

"然后有一天,"迪克用袖口擦了擦脸上的泪水,继续说,"我记得是在三十岁那年的春天末,据一个完全明白这件事前因后果的朋友说,好像在几天以前出差到邻近的大城市时,看见与我异常雷同的人,相似的身高与壮硕的外貌,在街道上悠闲地走着,然后转进一家出租杂志影片的店里,选租着架上放置的热门影片。

"我的直觉就是你,真正的雷蒙出现了。我心底负疚最深之人,终于出现在我的世界里了……不知是怎么回事,事情的先后顺序是如何……或许是我想要弥补的心情太过沉重与庞大了,塞满了日后生活,所以,究竟是我之后花了许多时间跟踪你然后决心变得与你一模一样,还是之前就让这种过于沉重的心意把我们两人的外观打造成同个模样呢?

"我第一次见到你,是在三十岁那年的夏初,也就是朋友跟我说过的两个月后。我打听出你的住家与行踪,千里迢迢地接近你的城市与世界。看见你的第一眼,我被恐怖的相似深深地震撼了……

"我就是雷蒙啊,雷蒙就是我啊……我远远地跟在你的后面,被一种奇异的快乐轻松感掳获住了!我终于成功了,我长久背负在身上的重担,从见到相似的你之后,终于全然地放了下来。我想要替代你活下去的坚决,仿佛在此刻,都被时光验证成一种可行且绝对正确的生活方式。

"一直到前阵子,注意到你生意失败,正在找人收拾烂摊子,我才挺身而出,把你介绍给大佬肥奇,希望能够帮助你,也能与你更靠近一些!"

迪克终于说完整个经过,他抹了抹脸,我们两人沉默了下来。这期间他喝了许多酒,满脸通红,哭了又笑,笑完又哭。我坐在他的对面,整个过程皆在焦躁不安但是又异常平静的两种极端之间摇摆。

但是更多的,是我从未有过的陌生情绪。那是一种从心里源源不绝涌出的憎恶,异常地憎恶愤恨,其中又有许多奇怪的,或许是本能性的怜悯与同情，在心底搅和后蔓延开来。

——我很想问你我一直以来的疑惑。

我们沉默了过久的时间，我终于决定开口。自己的声音此刻听起来干涩不已。

——是什么？

迪克听见我终于开口，脸上闪过一种可笑的殷勤。

——十五岁那年，我们一起在那鬼屋时，你为什么，为什么在我快要走过那木板时，突然在面前踏一个重步让我跌落？

——是这个啊！

迪克脸上的殷勤消失，换上一种古怪略带调皮的笑。他眨眨眼，伸手取走我未动的酒，一口气喝掉，抹了抹嘴巴。

——那没有什么，小雷，真的！你没看见你当时的表情害怕到扭曲的样子，那真的很可笑啊，可笑到我很想逗弄你，随便什么都好地玩你一下啊！

——就这样？

迪克很认真地看着我的眼睛点点头，那种好久以前我熟悉的他这种恶意的轻笑，又回到他的脸上。

——就这样。

我默默地作了一个深呼吸，头顶一盏盏的灯光在眼前变得忽明忽暗。一瞬间，所有混乱情绪一股脑地涌向了那极端的憎恨，从底部涌出黑漉漉、湿淋淋的极度痛恨。

我那时在心里发了誓，一定要亲手杀死眼前这个怪物。

壮汉在我面前一口气说了很多话。

在这期间，他用受损严重的肺部很艰难地喘息着，像一台破了洞的手风琴，发出呜咽的漏风声。我可以清楚看见他那塞在厚实的胸膛中的每个内脏，正苟延残喘地尽力配合他最后一口气。他原本在脑后扎紧的马尾已经散乱，在潭亚河畔起风的下午，发丝随着风向飘散。那张如同破烂抹布的脸与身体上肿胀的鲜红伤口，在此时与这片美好的风景有股奇异的反差之美。

我眯着眼睛，望向旁边这片浓绿的林子与湛蓝的河水。他是这片森林河畔孕育出来的野兽，我有这种错觉，原始气味与负伤之身让他如此顺从地与这片风景融为一体。

我仔细地倾听他说的每个字，也深深感到他只剩下最后一口气了，而他正在用这最后一口气跟我这个陌生人诉说他此生最大的秘密。我突然觉得很感动，或许在这稍纵即逝的时间里，我成了他唯一信赖过的陌生人。

"喂，你有没有在听？"雷蒙的声音突然高亢了起来。

原本我们两人一起因为他的秘密告一段落而同时陷入沉默中。这段时间里，我们维持坐在潭亚河边的石子上望着河流那方向的姿势，突然因为雷蒙的这个问句，一起把身体互相转向对方。

阳光把我们笼罩在一起。我发觉雷蒙淤青肿胀的眼睛，此时正费力地睁开来看我,那双眼睛眨也不眨地凝视着我。他似乎第一次仔细看见我一样,脸上闪过一个诧异的表情。

"小子,你怎么长成这样?你的皮肤怎么溃烂成这副德性?"

雷蒙挑眉皱脸,把我的脸与身体好好地看了一遍。他锐利的眼神如同刀刻般地用力划过我的脸、我的五官、我的皮肤……我甚至感觉到刺骨的痛。

我沉着脸没有回答。刚才维持在两人中间的和谐感瞬间消失殆尽。

我感到他似乎相当不满意,这个他此生秘密的最后倾听者居然是如此丑陋怪异的人,突然涌出的尖锐恶意的语调与眼光仿佛在说明一件事:你不配成为这个倾听者。

"有没有人告诉你?你长得很像一只被剥了皮的猴子!哈哈哈,你一定想象不到自己有多丑多怪,像我年轻时曾经在林子探险亲手剥皮来烤的猴子!"

雷蒙把眼神收回,唐突地放声大笑,身体也笑倒在地上,用残缺的肺部大力地喘着气,像一声一声漏掉气体的风琴,突兀地在风中响起一阵诡异的调子,身后的林子则老实地传来响亮的回声,顿时,整个河域都充满了挑衅、鄙视的声音。

我捂上耳朵,但是耳中还是传来无法停止的笑声,一声接着一声……一瞬间,我的脑袋整个一片空白,胃部产生一阵阵严重的紧缩,嘴里的味道尽是一片苦涩。我撇过头去把口水吐掉,那疯癫的笑声仍回荡在整座河域里,像一首破碎的歌曲,也像一段恼人且滑稽得让人难堪的戏剧。

我无法思考，眼前的景色从旁边散出一片模糊的雾气。身体感觉变得沉重，所有的不适从身体的各个地方向我袭击而来。我奋力晃起自己的脑袋，企图把所有不适从身体中甩开。不适感在雷蒙的眼神里变成一种具体的重物，强而有力地推进，朝我逼近。这轮廓如此清晰，使我不得不把它想象成一具有生命的形体，逼我不得不去注视。

没过多久，脑袋里仅剩下他刚刚说的那个秘密最后的那句话：我一定要亲手杀掉这个怪物……我摇头晃脑地站起身，走到那仍疯狂笑着的壮汉身后，想都没想地迅速蹲下，搬起地上的一块石头，大力地往那笑声发出的地方砸去，用力砸、用力砸，就像我在流浪的那段时间里在脑中想象过无数次如何结束那些取笑我的人……

这是上帝在考验你，让你比其他人活得更艰辛，但是你这一生中会比别人看见与发现得更多，也会拥有别人想象不到的毅力。

我老妈的微笑在眼前出现。在这些苍老、起褶、如同指引我回家的地图纹路里，卡入一张充满泪水且终年眼皮肿胀不堪的脸庞。

孩子，请你不要怪我，请你相信我比任何人都害怕你受伤，恐惧你在成长的路上遭遇到我无法阻止的欺侮与屈辱，让我连一天的合眼安睡都没有……孩子，不管我将来能否陪伴在你的身边，请你一定要记得，你的生命将会因这些痛楚与悲凄而升华得更有意义……

等我回过神，雷蒙已经被我用石子敲破了脑袋，鲜红的血与混浊的体液喷溅到他的白色汗衫和我的脸上。我看见他轰然倒下的身体刚好与在一旁死去多时的迪克的身体一起倒在潭亚河畔的岸上。

我颓丧地跌坐在河边，沾血的石头从我发烫的手心滚落到河水里，意识终于随着壮汉的死亡缓慢地回到我肿胀的头脑中。我在心里默念着自己的名字、老妈与哥哥姐姐的名字，用力回忆自己的家乡，还有许多在脑袋中被归类到不应该遗忘的印象，一遍又一遍，仿佛默念着这些可以使我突然发狂的情绪慢慢地舒缓，回到原来的位置上。

我站到河水中央，弯下来把脸洗净，再抬起头用充血的眼睛望向这片始终谧静的河域。

我的老母亲，您有没有想过，或许终我一生什么事都没有发现，因为生成这样所经历到的一切只是在告诉我，我从头到尾都是个可悲的人。

我的这一生，从出生走到死亡，只是个错误而已。

我在河中央站了很久，再从河中走回雷蒙与迪克的尸体旁，静静地坐下来时，心里感觉到前所未有的平静。很久没有这样的平静了，平静到我甚至想笑，想要大声欢呼，想要对着莫名的什么大声高歌。

仿佛记忆中的一切屈辱都从这死亡开始清除，我感觉自己的身体从来没有如此轻盈舒畅，就我在亲手杀死那壮汉时，我孱弱的生命才开始有了一点希望。

就在我像疯子一样又笑又唱时，肥奇一群大约十多个人，从潭亚河另一头走了过来。

"哟，让我们看看是谁那么神通广大，竟能替我杀死帮里的两个大叛徒！"

等我回过神时，肥奇首当其冲地站在一群人的前头，脸上带着微笑大声对着我说。就这样，我什么都未了解，刚进入这个荒凉的S镇时，在这片美好如奇景的河域、像在纷乱的时间轴线中错位旅行、插入一场荒谬奇异的遭遇里，被肥奇当成吉祥物般地带回去，没有选择权地从此为他卖命；同时，也就这么莫名其妙地结束了居无定所的流浪生活。

法兰西慢条斯理地喝了一口酒，点上今天晚上的不知道第几根烟："雷蒙兄弟，我听过他们的事，我一直以为他们是双胞胎。"

"我第一次见到也以为是。他们两人实在太像了！那次看见他们两人激烈的打斗场面，真的是生命里中的奇遇！一切栩栩如生地在记忆中。"

"我相信，应该像两只巨型猛兽的生死搏斗！所以，你就这样进了肥奇的公司？"法兰西把酒杯放下，看着我。

我点点头："对，就是因为这场奇遇。"

法兰西没有说话，只是轻轻地在黑暗中摇摇头，坚定但又无奈地晃着他的头，似乎在说，这是一个错误，不仅是我的，连同他的，也一同是个应该被打叉的错误。

我认识法兰西后才知道，肥奇这人是一个白手起家做杂货进口贸易的商人，完全靠自己的双手打下江山，在黑道与警界皆有一定的靠山与势力。生意做得非常大，最主要的市场是中国、印度、越南与泰国一带。

这看似庞大的公司所经营的业务，说穿了其实就是贩卖许多无用的廉价商品给亚洲人，仗着亚洲人对西方的许多空泛的想象力，来换取大量利润。商品种类非常杂乱，我最记得的是其中有一顶奇形怪状貌似奶酪的帽子，推销语便是美国人看大联盟比赛时都戴那顶帽子来提高士气。就这么简单轻易地提高了产品的销量。

只要是关系到美国人日常生活、广告语提及美国人习性的商品，亚洲人几乎都会买单。

仔细观察那顶帽子会发现它根本无法遮阳，除了没有帽子的基本功能之外，且造型奇丑无比。我无法想象亚洲人跨国上网订购这顶恐怖的帽子后戴在头上的模样——脖子不会酸疼吗？戴这顶丑帽敢踏出家门吗？我想或许他们收到帽子后，只会在家里客厅的电视机前以一种受骗的心情非常烦闷地戴着，或者丢给地上的小狗撕咬。

肥奇是个成功的商人，但是论到人品，却极其低下卑鄙。他会把有用处的人吃干抹净榨精光，对没有用处的人想尽办法连一秒钟都不再让他们出现在眼前，不浪费自己一点点宝贵的时间。

"你从头到尾都没说你离家的理由。"

法兰西主动与我干了一杯。他的酒量很好，陪着我喝了一杯又一杯的威士忌，脸不红气不喘的，仍保持着一贯的斯文。我的头已经有些晕眩，嘴巴泛出干涩的苦味，讲话的嗓门也高了起来。

"我没说吗……我真的没说吗？或许我觉得自己根本没有理由好说吧。"

我打了几个酒嗝，回答了他的问题。这问题其实根本无解，因为事实上没有任何理由。窗外的街道一片漆黑，一排排路灯晕散成一团昏黄的圆圈。我听见酒馆的吧台后方，那座老旧的壁钟响起低沉的钟鸣。

凌晨两点整，四周陷入荒凉黑漆的夜色中。


我忆起我离家的那个夏天，天气非常炎热，在离家的那个瞬间，其实什么事、什么冲突也没发生，我只是转身离开，把自己从那刻板的生活轴线中抽出；我放弃了继续争执的所有理由，用力把自己丢出冲突之外，头也不回地离开了。

离家的那天，我如往常一样，早上六点准时起床，做早餐前到屋子后方那一圈栅栏里喂食养了十几年的十二头乳牛。牛这种动物很温驯，时间久了会认人。我喜欢与它们相处，它们始终公正平和地对待所有的人，没有任何区别对待之心，也不会隐藏自己的真实情绪。

它们看见我时笨拙地摇起尾巴，集体走到栅栏边毫无保留地欢迎我。

我打着呵欠，双手机械地铲起堆置的干稻草放进栅栏中，脑中想着待会儿的早餐应该先煎蛋还是烤吐司，或者两种动作同时进行。就在地上的稻草快被铲光的时候，我抬头望见斜前方的阳光。橘红色的光芒炙烈得如同火焰，把远方的绿色田地晒得闪闪发亮，从地平线上平行地升起，亮起笼罩整个大地的光线。脸颊与身体开始反应这种炎热，我慢慢地从身体深处灼热起来。

我铲完最后的稻草，把铲子放在地上，然后用双手抚摸着自己的脸，感受体内缓慢地渗出汗水。除了炎热的烧烫感，好像还有什么东西，小小的，从流出的汗水中一起被唤起。

我根本不知道那是什么，但是我却清楚地感觉到体内常年理所当然地连结日常生活的一些线仿佛啪地一声在心里头干脆地折断了，维持那平衡的灯泡噗地一声黯灭的同时，我抬起自己的双脚，头也不回地往远方地平线走去，一直走一直走，任凭炙热的阳光打在我光裸的皮肤上，没有任何目标，脑中也没出现任何声音。直到我看见火车站的时候，我大约已经两天没吃东西，数小时未曾停下来休息过。

老实说，我现在仍不知道这突如其来的离开究竟是为了什么。我对这个部分的回忆充满了厌烦，对一切都无比厌烦。没有理由，也没有任何借口。老实说，我只是卑微地选择我唯一能选择的：不是继续留下来，就是离开。

法兰西与我大约喝到半夜三点，酒馆最后打烊后我们才离开。其间，我好像借着这些谈话，把我短暂的人生做了简洁的回顾，未曾对人提起的生命段落，在丧失共鸣的沉默里又发出声响。

这让我平静，如同杀死雷蒙的那一刻所感受到的不可思议的平静。但是两者不太相同，杀死雷蒙的那种平静近乎猛烈地敲打我的心脏与血管，那是种近乎爆裂后所产生的失落感，记忆的一切都在那个时刻被完整地掏空、被熨烫平整过后的空虚。

而与法兰西说出人生的平静好像是真的是贴近平静这字眼背后的真正意义。朦胧却又饱含意义。我不晓得他是怎么做到的，原来只要不发一语地倾听，注视着流逝的时间与字句，那魔力居然如此强大，能让一个终年躁郁不堪的人真正平静下来。

我一直都不晓得沉默的他是怎么看我的。后来，从与我的许多互动中发觉他很喜欢我，什么话都告诉我，像哥哥对弟弟或者父亲对儿子那般喜爱。这种好是真心诚意的，如同星辰会撒满夜半的天空一样自然。

有时候人们对我的好带有同情的成份。他们大都以为接受者无法分辨。他们不明白，当一个人天生就拥有足以让人同情之处，当那缺陷被摆置在生命最明显的位置时，被同情的情绪与感官都会无限放大最细微的部分，就像无时无刻不拿着放大镜在每个同情前凝视着，微妙的同情背后的真正情绪，都会无所遁形。

就在我认识法兰西一个星期后，我被法兰西带进他的家庭，认识了他家的成员：葛罗莉与安娜，他的妻子与独生女，甚至一起生活了一段时间。

而法兰西，包括法兰西全家，就在我认识他们的第一天，那个试炼性的关键一刻，我仍本能地拿出随身携带的放大镜，仔细地搁在眼前。然而，他们做得很好，好到我无话可说。不是刻意表现，而是如我一样本能性地反应，就是那样无可挑剔。我明白我再也找不到除了我的老母亲之外可以这样对待我的人。

葛罗莉是我见过最温柔的女性。我第一次见到她时，她穿着宽松的家居服来开门。她有一头松软的棕发，整齐地束在脑后，纤细的脸颊混合着神经质的脆弱与刚毅：高挺的鹰钩鼻配上略带惶恐的浅灰色眸子。脸部及身形都是温和的线条，这些柔美的优雅都带着敏捷的姿态。

她开门时脸上挂着笑，深陷进脸部线条中的笑容，那是对待法兰西，她的丈夫的温柔的笑；然而一个侧身再见到我，那笑容却依然原样维持。她张开手臂给我一个拥抱，我闻到从她身上传来淡淡的迷迭香气。

她没有惊讶于见到我的怪样呢——我心里为这个微妙不同的初识诧异且感动着。

而安娜，她与我的第一次见面，也让我难忘。或许那是我这一生中唯一的印象，像有形的，会印刻在我的灵魂上面。

我记得那天，安娜跟在葛罗莉的背后，从楼上走下来。她小小的手抬高，搓揉着惺忪的双眼，直直地走到我的面前，抬起头睁大眼睛看着我。在那个静止的时刻，我知道她无邪晶透的眼睛里有许多疑惑与些许恐惧，那些念头从我发烂的皮肤刺激着她单纯的认知。

她歪着头，仿佛在思索着眼前的异常，疑问一定在那个时刻从她心中涌出，但是她什么都没有说，只是安静地凝视着我。然后，那张如同天使般的脸微笑了。听完法兰西对我的介绍，她毫无保留地走向前，拥抱我蹲下来的身体。

我闻到她浓郁的发香，以及属于孩童的香气，像是被太阳晒暖的春天。我突然好想哭，就这么紧紧地拥着她，感受前所未有的真正的温暖。

在这一刻，我明白，她按下了所有的疑惑，抹去我们之前应该有的距离，在瞬间纷乱的情绪里，下定决心要信任与喜爱我。那样的心情，居然一直维持在我们之后相处的每分每秒中。

我没想到当时只有七岁的她竟然可以成熟到比所有年长的人更顺畅地面对如我这样应该被同情的对象。或许，也不是这样，安娜会如此对我的真正原因，其实是她的心里，根本没有所谓同情这种心情。

她不觉得人需要同情别人，每个人都站在一样的高度，一样地接受同样悲喜无常的命运。

在我真正认识她之后，完全证实了我的想象。这个想象是：如果在之前的任何时刻问我相不相信有天堂或者有上帝这回事，我想，在遇见安娜之前，我从未信仰过宇宙中的任何神秘力量。我这种天生拖着丑陋外貌的人生，生命的每个转折点都会遇见无法预知的难堪与羞辱，我老早就打从心里不相信人，不相信这个世界，甚至连我自己都无法信任我自己。

没办法看见自己的人也无法去相信有某种运转是在公平地给予，在平衡其中的意义。安娜却让我这样相信了，不是空洞的力量，而是让我看见这个世界里仍有一丝微弱的希望存在。

1980 年夏季，6 月 26 日的早晨，我听见好像收音机里传来的声音。我躺在床上翻来覆去，夏季的炎热让我整夜无法安睡，而频率中断又响起的声音扰人地在我听觉里扩大又消失，又重复一次。等到第三次的时候，我不耐地把身体从床上撑起，抓起旁边柜子上的红色小收音机，上面灰暗色调的时钟显示：8:17。

把收音机上的开关按掉，滑溜的金属质感在我手心中发烫。

我揉揉眼睛，打了一个呵欠，把收音机丢回柜子上。就在这个时候，楼下客厅的大门，碰、碰、碰……清晰的敲门声，配合着从床边窗外邻居窗口流泻进来的杂音一并传来。

我搔搔膨乱的头发，又拍了拍肿胀的脑袋，确定自己不是在梦中，便起身，随手套上牛仔裤，走到门口开门。

我眯着眼睛盯着门口这两个人。一个瘦高且制服笔挺的警官站在门口，略略地倾身对我打招呼。他高大的身体背着阳光，身后全是金黄色的亮光。他先机械式地从黑色外套的胸口边掏出了他的警徽，然后告诉我他叫苏利文，以及旁边那个矮胖子叫理察后，再口气温和地询问我，是否叫哈特曼。

我面无表情地点点头。苏利文见我点头后，暗暗清了清喉咙，表情严肃地开口说了一句话：

6月15日的早晨，在郊外草原旁的泥土中，发现了安娜的尸体。

——什么？请你再说一次！
——6月15日发现安娜的尸体。

——请你再说一次。

——安娜死了。

——求求你，求求你再说一次……

矮胖子理察越过苏利文，嘴里发出粗鲁的啧啧声，反感地走向前推了我一把；我发软的身体随着推力跌倒在木地板上。这意外的跌撞在地板上发出的大声响，骨头怪异地发出嘎搭声，但仍没有我呐喊的声音响亮：

请你，请你……求求你再说一次……

我吼完，把脸埋进双手里痛哭的前一秒，我看见苏利文眯起眼睛，专注地盯着我，那表情里充满了各式各样的东西，像我之前流浪晃荡经历过的那段时光里所看见的总和。

**绿怪人哈特曼**

**1985 年·夏天**

我在街角遇见苏利文时，他的模样比五年前我见到他的时候老了许多，以至于我在路边偷偷看了他很久也不敢上前打招呼。

我看见他的时候，他正站在杰利快餐店的门口皱着眉头喝手上的外卖的热咖啡。

他的头发大部分都已灰白，人好像更瘦了些，肩线落到手臂下方，底下的黑裤子也松垮垮的。由骨架子撑起来的制服，看起来很没精神，跟他满脸的疲惫倒是很般配。

我站在那里看了他一会儿，他似乎下意识察觉到我的目光，所以往左右转了转头探视，发现站在不远处的我。他看见我时有些疑惑，但是随即想起来我是谁，或许顺便记起过去的事，便满脸笑容地走过来。

"哈特曼，好久不见！最近好吗？"他走过来捶了一下我的背，跟我一起站在街角的路边。

"马马虎虎。你呢？还是很多案子要办？S镇依旧不平静？"我把口袋里的烟掏出来，点起一根。

"哈，果然如你所说，S镇没有平静过啊。"他大笑了起来，模样比刚刚年轻了些。他捏着鼻子把手上的咖啡喝完，跟我聊了些生活琐事后，便摇手道别，说他上班要迟到了。

我望着他坐到车中，对窗外挥了挥手，车子渐渐在远方道路上消失，想起我曾经对他说的谎。

1980年的夏天，6月27日下午，我被苏利文与理察带到警局做笔录。

前一天，我从他口中得知安娜的死讯，陷入痛苦的情绪中，所以直到隔天的中午，我没睡、没吃，也完全说不出任何话，只能任由身体不停地打着冷战。

隔天下午一点半，我随他们一起进入警局一间摆了一张桌子与几张椅子的小房间里。

理察安然地坐在我的对面，摊开本子，一一询问我很多问题。

——你与安娜怎么认识的？

——你何时离开他们家？为什么不继续和那家人住在一起？

——这段时间里，你都在哪儿活动？详细说明这几个星期的行踪。

——最后一次见到安娜是什么时候？

——你熟悉安娜的交友圈吗？

——安娜有没有跟你提过一些不寻常的事？

我照着问题的顺序，在脑袋里回想，尽量让说出来的话听起来有条有理，不至于跟我的心绪一样混乱复杂，连自己都搞不懂。

——我和她的父亲法兰西是深交多年的好朋友。我于1975年到1979年这四年，曾与他们住在一起。

——法兰西在1979年的夏天，替我找到一个看护工作，对象是一位年老的画家乔凡尼先生。

这工作提供食宿，工作内容也需要全天候看顾中风的乔凡尼先生。他的家位于T市郊区的独栋别墅中，距离S镇有段距离，所以我搬出法兰西的家，投身进入新的工作。

——1980年的5月到6月底，我都住在我的雇主乔凡尼先生家中。

我记得那一个多月我几乎没有出门。除了因为乔凡尼的状况突然恶化之外，也因为即使在其他的时间我也无法离开他太久。他中风得严重，双腿完全丧失功能，必须以轮椅代步。

我见过他萎缩的双腿，细瘦得让人难过，但硕大的膝盖骨仍坚硬地在中间突起，腿部像是没发育的小孩的脚，一旦稍微使力，贫弱的小腿肌肉就颤抖得夸张。

乔凡尼先生因为久病，终年困在轮椅上，但他的性子急，所以脾气非常暴躁古怪，只要呼叫我一分钟内我没有出现，他就会发很大的脾气，把家中所有玻璃的瓷器碗盘摔得乱七八糟。

所以在照料他的生活起居时，我与他事前讲好后才短暂离开，开车奔到山下的超市，一口气买好两个星期内需要的日常用品。

他喜欢吃新鲜的水果与蔬菜，所以一次要购买很多。他又厌恶所有冷冻、罐头与腌制食品，说那不是给人吃的食物。

——我最后一次看见安娜……最后一次看见安娜是在 4 月，大概两个多月前。

3 月初时，乔凡尼先生请了一个专门煮饭的厨子芭洛玛，一个会煮地道法国菜，笑起来十分亲切的胖妇人，来家中照料他的三餐。

乔凡尼先生抱怨我，因为他已经无法忍受我的烂手艺了。不同的东西经过我的手都变成差不多的难吃味道，口感则一律是稠糊状的恶心泥巴。所以自从厨子芭洛玛来了之后，我终于松了一口气，勉强拥有少许的零碎时间。

那个时候，我一有空就会回到 S 镇上的南西咖啡馆，在外头与镇上的人抽烟聊天。3 月底回到 S 镇，是我隔了一段时间后，第一次也是最后一次见到安娜。

——我不熟悉安娜的交友圈。她是个安静的女孩，我不记得见过她别的朋友，她总是一个人独来独往。

我想，她曾经说过，我是她最好的朋友。

在 5 月 25 日到 6 月 10 日的十几天里，我记得那阵子因为乔凡尼先生身体状况极差，肾功能与泌尿系统严重失调，令他每五分钟就呼喊我，为了上厕所，所以我无法再像先前那样时常溜出门，必须全天候守在他的旁边。

我记得在 6 月 20 日的下午 3 点多，乔凡尼先生在睡午觉，我一个人在房间听音乐，芭洛玛来我房间叫我，说门口跑来个女孩要找我。我以为是安娜特地到 T 市来看我，但是一到门口，看见的是个子娇小、长相不起眼的陌生女孩。

她对我自我介绍说她是凡内莎，安娜的同班同学。

我请她进房，我们坐在客厅的沙发上聊天，喝芭洛玛为我们准备的咖啡，吃她最拿手的柠檬口味波士顿派。

那个下午，凡内莎问了我好多安娜的事，但是没跟我提到安娜已经死了。所以昨天，我听见消息时才会那样震惊。

我以为在那段时间里，安娜与同班同学凡内莎成为好友。但是回想起来，好像并不是这么回事。

整段下午茶的过程，只有纯粹地感觉到：凡内莎对安娜非常好奇，但在真实的世界里无从靠近安娜，所以私下来询问我。现在想起那些对话，都是她问我答，没有一句是她的或关于她们的叙述，也没有一句是描述她们之间的友情。

我当时没有疑惑，很单纯地回答这小女生的问话，傻傻地猛咽好吃的波士顿派。现在想起来，我应该回问她一些关于安娜的事情。

——安娜有没有提过不寻常的事……我不清楚。在她口中，好像任何事都很平常，很宁静，世界的运行轨道在她眼中从未分岔过。

理察低着头迅速地把我的话记在本子上，苏利文则侧着头专心听我讲话。我听见自己沙哑的声音回旋在正方形房间的墙壁间，显得有些干燥与苍白。

我说话的时候一直逼自己深呼吸，在话与话的中间，在句子中间与尾音处，每个字母开头的发音，都塞满喘气声与极力克制的快要崩溃的情绪。

我的情绪随着回忆奔腾，就像大海一样：一下子满涨，把整个沙滩淹没，看不见任何海域里的生物；一下子又远远地退落，只留下被阳光曝晒过度、灼烫得无法靠近的热沙。

在这段时间里，我尽可能把我知道的、所想起来的全都说了出来，坦白且诚恳地告诉他们。我希望能够提供我所知道的一切，让他们赶快查出安娜真正的死因，抓到那该死的凶手。

但是，在这些问题中，我不得不隐藏了一个问题的真正答案。

我对他们，对安娜，还有对我自己，说了谎。

当时我已经住在法兰西家有一阵子。我还记得那一年安娜刚满十五岁，进入 S 镇的达尔中学就读。

那个时候的安娜似乎变得敏感纤细，对很多事情都想太多；有时候甚至一整天都不说话，把自己关在房间里。我曾经试着敲门，想知道她整天都在里头做什么，但是敞开的房门永远只看见桌上放着书，以及柜子上那台小型收音机流泻出小声的爵士乐。

我记得爵士乐听起来总是轻快、活泼的，但是不知道为什么，我觉得当时在安娜身边的这些固定音符，仿佛扭曲了原本的形体，听起来不那么顺耳，甚至有些悲伤。

而房间里的安娜在看书。永远都在书桌前看书、听音乐；她永远都在这个时候，对着站在门口的我回头露出一个好看的笑容。

连笑容的弧度都一样。我只能看见这些，看不见这些的背后，安娜真正的思想。

我记得以前我与安娜是无话不说的好朋友。那个时候，她所想的和会说出来跟我讨论的，完全不像一般女孩子，比如我那两个姐姐莎拉与贝西卡。她们两人只关心周遭人对她们的看法、印象，以及如何使自己更加漂亮的各种古怪做法。

我记得莎拉在十四岁那年，曾经为了减肥连续两个星期只吃苹果的纪录。最后的结局是我的老母亲把在教室昏倒的莎拉送进医院。而贝西卡则喜欢涂抹一些味道很重的东西在脸上，把整张脸弄得像鬼一样，后来因为皮肤严重过敏，像出了水痘，脸上全都是红烂的疹，她才停止这些白痴举动。

安娜从不在意别人对她的看法，也不关心自己有没有符合杂志里女孩的模样。她最常与我讨论的是关于周遭人的生活。

⊙邻居贾克为什么总是站在门口对着他的母亲大吼大叫，且从不帮忙自家杂货店的生意？他怎么能够看着川流不息的人群进出，而始终站在门口抽烟？

⊙为什么南西咖啡馆的门口会聚集那样多游手好闲的人？他们的世

界与我们不同吗？他们感觉到的时间是不是流动得比我们的缓慢？还是时间的流动感在他们身上起不了作用？

⊙在马兰伦大道后头的邮局大楼里面工作的邮差们，在为每户人家送信时，能否感觉到手中信件的重量？那些被赋予情绪、承载近况的信件，能不能真正地传达出情感的真实模样？

⊙在门口坐上一天的贝蒂婆婆，我观察过她都没有起身，可能好几个小时眼睛都闭着，她在等待什么？还是她其实什么都没想，只是想坐在阳光下睡觉？

⊙字句与诗词，可以取代看不见的感情吗？

⊙戴夫商店前面的老狗乔依，为什么总是无精打采地躺在地上？我摸过它，我知道它的毛会在冬天时变得更浓密，而接近夏天时则开始脱落！

⊙当人们对着对方说"我爱你"时，心里真的知道这句话的意义吗？他们如何弄清楚自己的感觉？

关于这些抽象或生活中的问题，我与安娜可以聊上半天。我想我十分认真地面对她每次提出来的问题，把我所想象的、所能理解的世界的模样，用自己的方式跟她说明。

直到有一天，她问了我一个问题，我哑口无言，什么话都答不出来。

我记得当时我沉默很久，然后假装若无其事地拍拍她的肩膀，要她不要想那么多。那是我第一次没有绞尽脑汁地与她站在问题与疑惑的同一边,那也是我第一次把她当成一个不懂事的小孩。

我慢慢回忆起来了。

就是从那天开始,安娜把自己关进了自己的世界中,拒绝任何声音进入。

这个问题被抛出来,隔绝我与她之间的交流与友情,是在接近圣诞节来临前的一天。

安娜在那天一早,偷偷地告诉我她的计划,邀我一起搭公交车,两人到市里最大的华登百货公司替法兰西和葛罗莉挑选圣诞礼物。

那天早上10点半,我们两人像是藏有秘密的两兄妹,兴高采烈地带着从杰利快餐店打包的早餐,到马兰伦大道的街尾坐上公交车。在漫长的乘车时间里,一边咀嚼着三明治,一边看着窗外迅速转移的街景。

位于T市市中心的华登百货是这地区所有小孩子与青少年的梦想胜地。

整栋二十层楼高的百货大楼,每一层都有为不同年龄阶段的人提供的商品。十五到二十层,则聚集精致的美食与娱乐器材,让来这里的任何人满足地把自己丢进去。从来没有人会失望地离开。

圣诞节的前夕,百货大楼前的大道上挤满了人潮,嘈杂喧嚣的声音在其中汇流奔腾。汹涌的大批人群穿着各种颜色的羊绒或羊毛外衣,厚实鲜艳的羽毛外套,在每间糕点房、面包店以及理发院中进出。可见过圣诞节的时候,最需要的是新鲜且装饰精美的奶油蛋糕、各种形状的姜饼以及清爽利落的发型。

我与安娜在市中心站下车后,把早餐的纸袋丢进旁边的垃圾桶中,就全力地挤进人群,敏捷地穿过众多人潮,坐电梯到达华登百货的十楼,也就是礼品部门。

电梯一停到十楼,就看见耸高、华丽的白色塑料圣诞树竖立在正前方。大约有两层楼高的高大圣诞树,上面挂满闪亮的灯泡、卡片与饰品,极尽奢华与壮观。我们站在那里抬头观赏,整层楼因圣诞树而充满了过节的喜悦。

安娜好奇地伸手触摸了红白相间的拐杖糖果,还有那些发着亮光的小东西,眼里满是小女孩的天真。于是我暗自决定要买一打这种糖果送给她当圣诞礼物,让她吃到明年夏天都吃不完。

之后,她迅速地挑了一件深蓝色衬衫给她的父亲法兰西。看起来她早就想好要买什么礼物。尺寸完全正确,颜色也很搭配法兰西那头深棕色的发色和被阳光晒得有些古铜的肤色。我则买了一份从曼彻斯特进口的烟草,装进金属制的正方形烟盒中,打算献给我这位好友。

而葛罗莉,我在之前就想过,要买一顶用软细竹藤编织的草帽给她。她的气质很适合这种材质自然、又带有浓厚欧洲气息的草帽。夏天需要戴帽子,或许在冬天偶尔出太阳时,戴上也不会唐突。

当时我为了找帽子,便与安娜说好,要她先在礼品部的文具区挑选包装盒与缎带,我则下楼到女装部买帽子,之后我会回来找她。

买完后我回到十楼,在人山人海的文具部里,看见安娜挤在中间,细瘦的身材正背对着我,很专心地低头不知道在看什么。

"你想好要买什么给葛罗莉了吗?"

我挤到她的身后，有点炫耀自己的战利品般，把帽子从纸袋中拿出，放在手里转着。

她没回答我，于是我凑上前看她手上的东西。她正站在礼品部的相框区中，在她面前的柜子上全都是尺寸不同、各种材质的相框。相框里头有些是风景照，有些则是线条简洁的插画，还有蔬果与意大利面的近照。

她手中紧握着一个镶有银色、金属框边的相框。

"你要买这个给她吗？这相框怎么有点面熟？她是不是已经有一个相同的？"我把帽子收起来，推了推她的肩膀。她像是吓到似的缩了缩身体。

"嗯，她已经有一个相同的，但我就是要买这个送她。"她点点头，拉着我走到收款机前。

我们挑好礼物是在下午1点，于是我们决定到百货大楼的美食街吃午饭。我记得当时很饥饿，在完成一件大事后，那种饥肠辘辘的本能反应全都涌了上来。我们到楼层其中一家泰国餐馆点了好多的菜。热腾腾的饭菜上来后，我低头奋力地吃了起来。

安娜却只吃了一点，整碗饭完整地放在她的面前，只吃了几口菜。我当时没发觉不对劲，全部精力都在对付强烈的饥饿感。

吃饱之后，我们便离开百货大楼，因为时间还早，所以她提议到旁边的杰克森广场散步。

广场位于华登百货斜对面，也是T市的显著地标之一。大约有五百四十多英亩的绿色草坪，连绵地在中央围成一个翠绿圆圈。圆圈里则有栽种许多参差不齐的桦树，广场中间与四周，则摆了些伟人的石雕像，错落在石子步道旁边是一些木头座椅。

T市的许多家庭会在周末来到草地上野餐与休闲。像我与安娜这种难得来的观光客，也会在周末到广场的草坪中间感受位于都市的奇异步调。这里无法跟S镇的潭亚河后头的浓郁森林相提并论，也没有那片荒凉草原来得美丽自然。

但是都市的草坪仍有种说不出来的节奏，好像勉强地脱离街道喧嚣的浪潮，所以显得悠然自在。眼睛仍能望见车潮，繁复的街景声响也始终微微地在远处响着，但是却身处一片刻意营造的绿地。

今天的天气很好，冬天的阳光温暖地照亮整座广场。放眼望去的草地，翠绿得让人感到非常舒服。但是杰克森广场上的人却非常少，人群大概都集中到准备过节的地方去了吧。

我与安娜走到草坪附近的一棵桦树底下，她靠着树干盘腿坐着，我则躺在离她不远的绿地中，朦胧的睡意此时朝我缓慢袭来。

"哈特曼，我想问你……"安娜小声地在我旁边说。

"嗯？"我很习惯安娜这样的开头。我闭着眼，稍微用力抵挡强烈的睡意，等待安娜的问题。

"我问你，如果我知道有人需要我帮助，但是对当时的我来说，却不是出于自愿的，你觉得我应该怎么办？"

她的声音听起来有些胆怯，细细尖尖的，有点神经质。

"这个问题好奇怪。你能不能说得详细点？"我抹了把脸，努力把倦意从身体中赶跑，决定好好听她的问题。于是我从草坪中坐起身、挨近她，学她的样把背靠在树干上。眼前的草地上有几只鸽子，模样轻盈地在草地上走跳着。

"我也觉得。好吧，那我换个问题。你知道凯蒂阿姨吗？我妈年轻时代的好朋友？"

"知道，我听法兰西提过一点。"我点点头。"法兰西很少跟我说到这些。我听见这件往事……是在某一天，哪一天我忘了，半年多前吧。某个晚上我睡不着，半夜起床到厨房中，就看见他一个人坐在餐厅桌前喝啤酒，于是过去与他聊了起来。当时他已经有些醉了，跟我闲聊时提到这件事。"

我把手放在后脑勺处，用力拍了拍。即使我在安娜面前装得毫不在意，但是这么个寒冷的冬季，我的身体却已经诚实地在背后悄悄地渗出了冷汗。

"凯蒂阿姨与我妈，是不是当过疯狂的摇滚乐迷？"

"好像是吧。我记得法兰西说，当时凯蒂是个疯狂的乐迷，还与乐团的贝斯手交往过一阵子。"

"嗯。还有什么吗？"

"没了，我只听说凯蒂被贝斯手弄得很惨，后来还因为堕胎多次而无法生育。但是还好，好几年前她就安分地嫁人了。"

安娜对我点点头，没有继续说话。

"怎么了？"我刻意把视线停在草坪上的鸽子身上，脑中却迅速闪过：

法兰西在那个夜晚，眼睛泛出明显的血丝，激动地对我说出这整件事情时的急促呼吸。

闭上眼睛，仿佛就能看见悬在餐厅桌子上方的那盏昏黄色的灯，底下晃动的躁郁黑影。餐厅的窗子外头，是一片敲不开的黑夜，屋内则静悄悄的，只有法兰西混浊的气息。厨房里始终沉淀着某些食物的香气和潮湿但温暖的氛围。

我的耳边响起法兰西哽咽的说话声，和他把啤酒罐捏得喀喀作响的杂音。

那个晚上，法兰西第一次在我面前落泪。

他哭得好伤心，像个大男孩般毫无扭捏，任由眼泪滴答滴答地落在餐桌上。那张我熟悉的坦荡而正直的脸庞，因为哭泣而扭曲得严重。

他不断流下泪的同时，也把那些压抑了大半辈子的话，全都从心底深处掏出，放在我与他之间的餐桌上。

往事早已腐烂了，腐烂得连形状都模糊了。我盯着被遗弃的往事看，不晓得为什么，眼睛也开始泛出无法克制的泪水。

"你是我最好的武士。"我与葛罗莉结婚之后，她是这样告诉我的。

我的武士，我人生的捍卫者、修护者，导引前方的明亮灯塔，或者更多、更多的意义。

这些、那些，我只能恳求你帮助我，帮我摆脱我曾经犯的错误，我年轻时代的无知冲动。我无法对它们负责,连再看它们一眼的勇气都没有。因为在其中,我受的伤害与承受的苦痛,连我自己都无法想象。

你能吗?法兰西?你能不能在我第一次也是最后一次愿意说这个往事之后,代替我,代替我背起这个沉重的十字架,让我终于可以喘气,不再任由自己破碎下去。

"好不好?"

葛罗莉在新婚之夜哭泣得溃不成声。

我紧紧地抱着她,抚摸着那头柔顺的头发,发烫的身体,我感觉我的心脏在瞬间痛得让我几乎就要在地上跪下。

"我让你知道这件事情之后,就会把它抛下,丢弃它,遗忘它,当做这不是我的人生,不是在我身上发生过的。我会尽我全部的力量,全部的意志力,去实践这件事。"

因为只有这样,我才能继续活下去。法兰西所深爱的葛罗莉,也能继续存在这个世界上。

请你千万,千万不要告诉安娜。

我没忘记。我什么都记得清清楚楚。

"哈特曼……我的父母法兰西与葛罗莉,他们,他们是不是好人?"安娜细细的嗓音从旁边传了过来。

"好人?安娜你怎么会问这样的问题呢?"我尽力把思绪拉回来,将视线移到她的身上,"他们当然是好人,是我见过最棒、最好的人!"

我看见她把盘腿的双脚慢慢收到胸前，用双臂环抱着，小小的脸蛋搁在手臂上。

"不，我不是这个意思。我的好人是指，真正的好人，会真的为他人着想的好人？"

我没有回答，我们维持着注视对方眼睛的这个姿势。安娜的眼珠蒙上一层淡色的雾气，眼珠的颜色变得好透明，似乎凝结在一盆清澈的水中。

"是不是……"安娜把这三个字的尾音，拉得好长。话中的口气不再像是要跟我讨个回应，而是，她自己已经确定这个问题的答案了。

我们把眼神从对方身上移开，坚硬的沉默在我们中间凝固。

我慢慢地从桦树下站起身，用力呼吸着城市的气味，吸进冬季的干冷。

阳光仍旧固执地洒在前方每寸草地中，叶片的边缘泛起刺眼的光芒。整排的树荫越来越鲜绿，在绿荫的层叠之中，能看见清晰的、往着同个方向前进的远方车潮。

冬季褐色的雾气低沉地隐没在高耸的大楼下方。沿着大道的商店，充满了节庆的气氛。

时间仍然冷漠地在流动着。它没有为我们或者任何人停下来，没有为了这个说出谎言的时刻稍稍地停下它的脚步。我感觉我望向远方的眼眶中涌出不明的泪水。

后来我们离开广场，从后门出口走回公车站，然后从T市搭车回到S镇。在这期间，安娜与我都没有说话。

她的头始终低垂着，专心地看自己走路的双脚。我们仍像之前一样亲密地搭着彼此的肩膀，在人多的时候，我会牵起她的手。掌心的触感与湿气还在。但是我明白，不管我做得再多，我再尽力，她都不再信任我了。

安娜在这个时刻，已经决心悄悄离开我的生命。

警官苏利文

**1991 年 · 夏天**

当我发觉我已经有三个多星期没看见理察时，便主动拨了电话到他家中。

我不晓得我究竟是因为想念两个无所事事的大男人的聚会还是因为无聊，时间多到从生活里溢了出来，让我呆望着流淌的时间之流不知所措。

我拿起话筒，迅速地按下熟悉的号码时，知道了答案是两者皆非。我既不无聊（相反的，还忙到我有些惊讶呢），也不是想念那些我们两个男人整个下午干干地坐在沙发上瞪着电视的棒球比赛，不知不觉喝完一箱啤酒的时光。

我只是想念理察，很想念这个老友而已。话筒中传来十二次响声，没人接。

我把电话挂上，重新拨了一次。

理察没来找我的三个星期里，我与罗亚安见了两次面。

一次是她兴冲冲地做了自己研发的蛋糕，大老远地来到我的家，请我试吃。那口味我现在都还记得，有点恐怖：肉桂香蕉蛋糕。老实说口感很黏腻，吞下去的第一口，感觉自己像在咀嚼固态香蕉水。

我干笑了两声，对亚安说还不赖，这新口味应该会有颇多人喜欢的。亚安看起来兴致盎然，愉快地吃了好几块蛋糕。她告诉我，因为她的男友杰森最近疯狂迷上甜点，所以她希望自己至少能在这种小细节上讨好杰森。

于是，我们两人一边喝着我冲泡的黑咖啡，一边吃着这口感恐怖的蛋糕。（我只在一开始吃了一块，后来推说自己胆固醇指数过高，不能吃太多的甜食，借口不用再去碰那块香蕉水。）我们享受着悠闲时光，听她详细地跟我说蛋糕的做法，用了哪些材料，也聊最近的生活近况。

第二次，我们约在咖啡馆见面。

她剪了个新发型，很短，像小男生一样，头发被削得极薄，紧紧地依附在圆润的头型上，看起来非常清爽，参差的层次让我想到被阳光曝晒的木头窗檐，闪着亮黄色，是一个相当适合夏天的发型。

我称赞她，她低头笑了笑，那模样让我想到第一次在警局见到她时，她那种青涩、却镇静沉着的模样。

她照例跟我提到很多关于生活的想法，最近又尝试了哪些恐怖口味的甜点，然后，跟我报告起她的男友杰森，目前两人的感情稳定，他现在正在研究一个心理学案例。

这个案例是一位在E市担任护士工作的母亲，于一年多前离婚，法庭把她唯一的女儿判给了丈夫。这个无法常见到女儿的可怜母亲，最近似乎越来越无法忍受分离，所以精神开始出现问题。

杰森正努力用药物与越来越多的心理咨询，来消除在这位母亲眼前日益变多的幻影。

"对了，这让我想起一件事！我忘了跟你说，我跟葛罗莉通信已有段时间了。"

罗亚安用手指敲敲桌沿，换了个轻松的口气。说完后她顺手拨了自己的头发，看起来她正在适应新发型。

"葛罗莉？安娜的母亲？你居然还跟她联络啊，真是不容易！"我很惊讶，把正倒往咖啡中的糖撒了一桌都是。

"没那么夸张吧！你很惊讶吗？"亚安瞪了我一眼，从旁边拿了纸巾，帮我整理桌面。

"是啊，当初我以为你们互相憎恨对方，或许不只憎恨……不晓得怎么说，总之当初的情况太复杂了！你们一起紧紧咬住那具无名尸体不放，都一口认定是自己的亲人。我当时还想，你们两人会不会私下约出来打一架，或者在没人见到时，用最古老的巫术咒语，互相诅咒对方。"

我耸耸肩，故作幽默地说。罗亚安听见这些话便笑了，有些不好意思地低下头，把桌上的咖啡端起来喝。

其实我很惊讶。

当时的情况真的很复杂，并且让周围的人束手无策。整个警局面对这疯狂的两人，除了不知该如何是好之外，还有，我们知道都看得见，她们两人看起来如此坚定，又如此悲伤，那情绪甚至让我们大家都为她们感到无比地难堪。

"这要从好久以前开始说起。几年前我与她曾经巧合地一起参加过由杰森策划的'失去亲人之心理辅导聚会'。当时我们两人在两个多月内，约有七次聚会，每次都刻意地避开对方，没有正面交谈过。直到两年前我因为家里有事，抽空回到 S 镇。后来在一个街角意外遇见葛罗莉。我们在那次巧遇时，互相交换了通讯方式，过了几个月，我就接到她主动写来的信。"亚安说。

"是这样啊，有这么巧的事！她看起来还好吗？"我仍清楚记得葛罗莉细瘦且优雅的模样，以及那最后一次想来就心痛的心碎声。

"很不好。坦白说我觉得非常糟糕。当时的情况是，我远远地看见马兰伦大道上挤满一群即兴演出的街头艺人。他们吹奏着各种乐器，大声演奏一首首轻快的爵士乐。整条街上飘扬着他们泼墨般的五彩衣饰和愉快轻松的乐曲。那真的很欢乐，视觉与听觉都是。我入迷地听着，感觉缤纷如嘉年华会的气氛，一转过街角，就看见颓丧地蹲在墙角的葛罗莉。她看起来非常悲伤，脸上都是眼泪，身体仿佛已承受不了某种冲击性的痛苦，软绵无力地像在瞬间被夺走了生命力，也丧失了控制力，在人来人往的街道上完全崩溃了。我一看见她，马上想起她死去的独生女安娜。后来，葛罗莉在信中告诉我，安娜在生前，好像开玩笑又如许愿般地，曾经跟葛罗莉要求过，在她的葬礼上一定要放爵士乐。"

"嗯。"我点点头，不知道该说什么。我明白这痛苦会大过其他一切痛苦，如果可以，我简直想马上捂上耳朵，不想再听下去了。

我艰难地吞了吞口水，用发颤的右手拿起咖啡，维持镇定。

"当时，我与她道别后，自己也在下一个街头中，忍不住哭了起来。我觉得好悲伤啊，为了这些、那些，为了罗亚恩与安娜……我其实从头到尾，根本就承受不了。"

"我懂。"我从干干的喉咙里挤出这两个字之后，便觉得力气已经全部用光了。

罗亚安慢慢地把前面的咖啡移开，双手平放在桌上。她低着头，似乎接下来要讲的话，是很难说出口的。

她先快速地眨了眨眼睛，然后做了好几个深呼吸。我疲惫地望着她，她用一种非常悲伤的眼神回望着我。

"苏利文，老实说，当时的凶杀案中，你告诉我或许有亚恩的下落时，我就在迟疑，迟疑着自己是否要去面对这件事。"她说。

我看着她，她的脸上写满一种奇怪的、超然的情绪。除了悲伤，我看见从她脸上、从眼角与嘴唇旁边隐约涌出的，是另一种陌生的，我从未见过的情绪。

"我从不曾这样思考过，对于亚恩，我从未放弃过真相。直到认识杰森，他一次又一次地认真告诉我，不管失去的悲伤有多大，人一定要学会遗忘，遗忘那些纠缠我们的悲痛，甚至学会丢弃让我们痛苦的真相。

"'忘掉真相，亚安，那些是不会有助于真实生活的。'我记得杰森是这样跟我说的。一开始，我根本无法接受这种说法，还愤恨地觉得是因为杰森自己没有经历过这苦痛，所以不懂我的痛苦有多深。

"但真的是这样吗?

"惯性地紧抓着越来越模糊的亚恩的我,似乎一直处在一个漆黑的井底,看不见真正清澈的天空,甚至没有力气走出深井。原本应该属于我的一切,那些美好的音乐、食物、计划、希望与期待,都在我的身体与这已腐烂的悲伤之外,我根本早就丧失触摸它们的权利了。

"这就是我想要的吗?我每次跟他争论都会失声痛哭,哭到连自己都不认得自己了。然后,这些过程一次又一次地重复……我真的觉得好累,尽管我明白我失去的亚恩将如一个终身依附在身体中的影子,但是我决定带着它,同时尽可能地让自己走出井外。"

亚安干涩的声音凝结在我的耳中。我艰难地低头看着她的影子,被夕阳拖得非常细长,像一条直通世界尽头的长线。

我抬起头来看她。

罗亚安,这个美丽且年轻的灵魂,正在往活生生的人生里起飞,她渴望的救赎我也曾经渴望过,但是我所感受到的事实与希望,永远都有出入。

我不知道我能不能做到,转身就这么离开我内心里阴暗的、永远封死的那扇门。再也用不着坐在门前望着没有答案的公平正义叹气,望着曾经有过的美好回忆揪着心。

在门的背后,是我永远年轻美好的妻与我钟爱的女儿爱蒂。她们始终没有改变,也始终没有感受到仅有一扇门之隔的门外的我,多么痛苦悲伤。

或许只能这样。我不晓得对于这件事情还能有什么更好的期待。

"苏利文,我想,我也希望,这是最后一次替早已逝去的亚恩悲伤。因为活着的人更重要,真实的生活细节更确切。我的父母无法明白,我不希望我也如他们一样,终身都活在这个阴影之中。

"我决心要放掉这个记忆,这个折磨我好多年的妹妹。"

之后,我们默默地把桌上的咖啡喝完,离开咖啡馆坐上我的车。我送她回家的这段时间里,耳边只有如同沉浸在大海中的朦胧声响和街上一晃即逝呼啸的引擎声留下的细碎杂音。

直到她打开车门,准备回家时,迟疑了半分钟,才回过头来紧紧抱住坐在驾驶位上的我。她瘫倒在我怀里痛哭着。

我记得我也哭了,揉着她软细的短发,激动但缓缓地流着眼泪。

打给理察的电话,直到第三通才顺利打通。

第二通铃响了十声后,我放弃地挂上电话,坐回沙发中,把眼前的电视频道全轮过一遍,其间我喝了两瓶啤酒,随便吃了一些炸得很干的薯条。有些酒意之际,又拿起旁边的话筒,这一次,理察终于接电话了。

我以为他出了什么事,所以口气有些紧张。但是他的声音却反常地高亢,喜上眉梢的跃动尾音,藏不住莫名的喜悦感。

我追问他究竟最近怎么了,是不是有发生什么好事。他终于对我松口，说他谈恋爱了，对方叫做吉儿，前阵子通过朋友介绍认识的女人，小他三岁，是个珠宝设计师。

然后他跟我说，他正在思考是不是要麻烦我一件事时，我刚好打给了他。他在电话里告诉我，吉儿希望在下次见面，能与双方家人一起吃顿饭。但是理察的父母早就离婚，彼此的关系很疏离，他已经不知道多久没有他们的消息了，所以他希望我能够充当他的亲属，诸如远房亲戚之类的。

"我能当你的什么人？你这个小子居然谈恋爱啦！难怪把我都给忘了，钓竿都已经堆上一层厚厚的灰尘了！"我很替他开心，但又忍不住调侃了一下这个见色忘友的老友。

"老哥，你也不想想这可是我生平第一次谈恋爱呀！当然要花点时间维系情感啊！就帮我这次吧。我想过了，你可以自称是我的表哥或堂哥之类的亲戚。"

"那你的女友会邀请什么亲戚出席？"我在心里想，要是对方搬出父母，但我们这边只有表哥或堂哥之类的人出席，想必非常没有诚意。

"她的父亲早逝，母亲跟哥哥住在很远的新泽西州，所以她会请住得较近的堂姐一同出席。"

"喔，难怪……"我嘀咕了一声，马上就答应了理察的要求。


聚餐定在下周周末。

这天一早，我特地去了一趟茱蒂理发院，于是我原本杂乱的头发，现在看起来有精神多了。然后我去了趟精品店，挑了一件深蓝格子长袖衬衫和一条深棕色的西裤。一切准备就绪后，开车去接了理察，他上车后马上告诉我，今晚的晚餐聚会有点变化。

原本预定了T市有名的亚尔登餐馆，吃的是地道的法国料理，但是今天居然全部客满，应该是周末的关系，所以对方便改成在吉儿的堂姐位于市中心住宅区的家中用餐。

理察跟我说，他女友跟他形容过，她堂姐煮的美食完全不输给亚尔登的大厨。

"那么厉害啊！她的堂姐嫁人没？"

我开玩笑地发动车子，准备去购买送给对方的礼物。我想红酒应该不错，要不漂亮的花束与新鲜水果也行。

"她的丈夫数年前去世了，现在单身。"理察的声音听起来怪怪的，神秘兮兮的样子。我马上就知道他或者可以说是他们正在打什么主意。

"哟，原来重点在这里啊！小子你不错嘛，自己谈恋爱还不够，居然打起我的主意来了！"

我趁着红灯停车往他的肩膀搥了一拳。理察看起来很开心，讲出真正的目的后似乎放松多了。他随手把套在脖子上的银色领带弄松，把车窗摇下来，点起一根烟。

"我见过她的堂姐两次，是个很棒的女人，在银行上班，收入稳定，身材与脸蛋也保养得不错。我想大家只是见个面，开心地吃顿饭，不要想那么多嘛。"

"唔，"我点点头，有点像在自言自语，"也好，就吃个饭而已，不用想太多。"

理察对我的反应似乎非常高兴，他拍拍我的手臂，嘴里哼着歌，又点起了一根烟。

我们到达T市第四区高级住宅区的时候，已经晚上6点多。

这区的其他别墅看起来都是相同的模样，米色的雅致石雕砌成的圆弧状外观，从里向外推的窗子则漆成深棕色，一格格有序地镶在外墙中，在夜晚路灯的微弱光线下，像极了一双双眼睛。

整个小区散发着隐约的富裕，低调的奢华，但又不失自然。

来开门的是我今天相亲的对象，一个穿着淡紫色紧身洋装、露出光裸手臂和肩膀的女人，肌肤在光线下呈现白嫩的弹性，脸上带着克制的笑容，看起来有点紧张，微笑地接过我送上的红酒与水果篮，请我们进入她的家中。

我看见理察马上越过她与身后的吉儿热情拥抱。吉儿的身材倒是与理察有些相似，是那种高大、丰腴的女生，五官精致，整个人看起来很有活力。

而这堂姐果然如理察说的，身材与肌肤都保持得非常好，长得颇讨人喜欢，身材娇小但玲珑有致，脸蛋与装扮有种上世纪六十年代的明星味，但不过分夸饰，类似肯尼迪·杰奎琳那种典雅女人。

她客气地请我进入餐厅，跟我们说晚餐已经准备好了，是她与吉儿忙了半天的杰作。

这顿晚餐非常丰富，我大开眼界。用白色瓷器装盘的是一道道精致的海鲜料理：有清蒸的新鲜鲈鱼、用正宗印度咖喱做的螃蟹大餐、用栗子与松露炖煮后撒上香菜与糖酱的鲱鱼、用椰汁烫过的大虾、包着蟹黄酱的饺子、青酱煮的墨鱼海鲜意大利面以及数不清的千层派与蛋黄奶油糕点。我们四个人开了红酒，一边畅快地聊天，一边大快朵颐。

回想这几年中，我好像很久没有吃过如此丰盛的一餐，或许这就是单身汉的可悲之处吧。席间，理察与吉儿的互动相当有默契，两人一搭一唱地不断做球给我与堂姐接，我们两人也适度地向对方说起自己的生活近况，也聊过去的事情。

在这顿晚饭中，我知道她有个正在纽约市读艺术学的女儿，先生则在数年前因为癌症去世。她悲痛地看了一年多的心理医生，也体会到人生艰辛，于是产生了独自环游世界的念头。

当我们吃完丰盛的晚餐，转移阵地到客厅喝水果茶享用点心时，她对我们说起了游历众多国家的新鲜事。

冒险刺激的游历过程、在观光区之外体验当地生活、在波涛汹涌的海面上看见繁星、如同在天堂中才会出现的美景……她回忆这些经历时，脸上表情变化丰富，时而轻松大笑，时而激动地挥动双手。

我盯着她看，突然觉得自己深深地被这女人吸引，在这个晚上，我的眼睛已经完全离不开她。她个性热情直接，说话的语调直接反应她的心情，完全不做作，举手投足间充满了一个成熟女人的魅力。

不管是她说话的内容，或者她手舞足蹈开怀大笑的模样，是那样有活力，对世界仍然充满热情与想象。她像是一道亮澄澄的曙光，把我终年积郁甚至根本故意置之不理的忧郁角落，照得光亮洁净。

我觉得自己需要被救赎吗？

在听她说话的这段时间中，我不时地想起这个问题。

但是我想，问题不在于是否要把过往的事或者曾遭遇过的不幸——加上任何解释与条理，而是，我明白我或许需要一个这样的伴，来重新认识与喜爱这个世界。我明白自己需要一个外力介入，一个比我拥有更充沛生命力的人。

如果靠我自己重新来过，我想只会继续把这问题丢到同样晦涩的角落里。

我在这几年里究竟丧失了什么？我想我很清楚这问题的答案，只是缺少面对的勇气。

到了晚上9点多时，理察与吉儿已经去了外面的阳台处，享受小两口的亲密时光，这时候，我与吉儿的堂姐也聊得十分起劲了，她要我到她的书房参观她从各地带回来的战利品。

我跟在她的身后，闻到一股清新的茉莉花香。一进入书房，我便看见两张大幅的油画，挂在墙壁的两侧。那画线条狂野，色彩鲜艳，如同春天百花绽开般奔放。她跟我解释这两幅画都是她的朋友画的，一个刚起步的野兽派画家，不拘泥于任何形式，作品风格大胆创新。她说看见朋友的画就会让她想起在南非度过的日子。

在书房另一头靠墙处，是与天花板等高的大书柜，满满的都是书和画册。

我们俩把身子靠在书柜上，聊起了书柜中的书和最近看过的电影。

谈话时,她看起来有些疲惫,但笑容仍自然地挂在脸上。她要我坐到书柜旁边的大书桌下,从桌下拉出两张木椅。

我不经意地瞥过整齐的书桌,书桌上铺着的是富有中南美洲繁复图案的织物,书桌上面则堆了几本书和摊开来的杂志,还有圆形的透明玻璃笔筒,一些琉璃做的小饰品和裱了框的照片。

我在与她聊天时,不时好奇地偷瞄那几张照片。

大多数都是她与她死去的丈夫的合照和女儿从小到大各种值得记忆下来的纪念照。里头的她的丈夫,看起来一脸老实可靠的模样,身材魁梧,从后头搂着她的腰,看起来感情很好。还有她的独照,背景不一,但都是在耀眼的金黄阳光下捕捉一刹那的美好。

她的女儿看起来与她一样,是个笑起来十分甜美的女生。我想如果她的丈夫还在世,这是个能打满分的完美家庭。

我的视线偷偷在照片中转,希望从这些生活细节中多了解她。最后我看见一张摆在边上的照片,是她年轻的时候与友人在某个演唱会中合拍的。

上面的两个女人模样都十分年轻,姿势也比其他照片更狂放不羁。当视线集中在这张照片上时,我突然发现,这两个女人我都认识。

一个是眼前这女人年轻的时候,没错,而另外一个,那轮廓与熟悉的五官,从我脑海里众多的脸孔中浮现出清晰的回忆,有特别的说话音调和特定的忧郁气质。还有,我深深地记得她细瘦的身材,透明窗外的阳光在身上投下变化的折射。

我震惊地把视线牢牢地停在那张照片上。

"你在看什么？"她注意到我的视线，于是停下聊天，她把眼光停在那张照片上。

"这张照片是？"我伸出手臂，越过众多的相片框，把那张照片从其中提了出来。

"喔，我年轻时代最好的朋友。"她把相片接过去，放在双手中，表情看起来非常怀念。

"那个时候，我们一起沉迷于摇滚乐团，是疯狂的追星族。当时还为我们自己取了个封号：'小葛与蒂蒂'。我们可以亲近乐团里的任何一个成员，其他女孩都忌妒死我们了！"

"小葛？她的全名是？"

"葛罗莉。葛罗莉与凯蒂。当时真的是活跃在最前线的疯狂摇滚乐迷啊！"她摇摇头，脸上写着感叹与复杂的情绪。

"我记得我们还五次跟随乐团，远赴欧洲各地去看巡回演唱会的疯狂纪录，现在想到那个时光，便觉得自己已经好老啦！"

凯蒂完全沉迷在回忆中，没有发觉我的震惊。

没错，这照片中的另一个人便是葛罗莉，先前我还与罗亚安在咖啡馆中提到的葛罗莉。没想到她是凯蒂的老友，我的震惊便是这种诡异的巧合，或者可以说是，是极度吊诡的缘分。

听凯蒂这么一说，我觉得葛罗莉的改变非常巨大。

谁会把纤弱的她跟疯狂摇滚迷联想在一起？她是那样细腻敏感，气质优雅，眼神与态度虽然镇定，却让人充满了浪漫温柔的想象。

摇滚乐迷应该是狂放与浪荡的吧？至少我对此的想象是这样的。

"后来葛罗莉变了好多。"凝视照片的凯蒂，表情变得有些哀凄。她似乎听见我的想法似的，说起她们年轻时候的事。

"小葛的个性非常激烈，她当时几乎要不顾一切地进入乐团的中心，成为乐团的一部分。也就是说，她不甘心只做一个乐迷，她要跟他们，也就是我们大家的偶像在一起。

"每次我看着自己的女儿，就会想起小葛。可怜的、为爱疯狂、不顾一切的女孩。

"记得当时，一起陪着乐团巡回演出的时候，我已经察觉了不对劲，很多事情瞒不过我的眼睛。

"我们两个女生巡演期间一直住在一起，一起行动，那瞬间燃烧的热情怎么可能掩饰？激情过后的痕迹仍残留在房间的每一处……我只是，只是愿意尊重她的人生，不去询问，只是等待她主动跟我说。

"等到葛罗莉终于愿意告诉我她与我们的偶像私底下在搞什么时，她已经为了贝斯手，那个该死的贝斯手詹姆斯，拿掉了三次小孩，也因此终身无法再怀孕。"

"等等，你说什么？"我讶异地从位子中站起来。

"就是这样。"凯蒂镇定地对着一脸骇然的我说。

我听见挂在两幅油画上方的壁钟响了几声。钟声低沉清脆，缓慢地在房间中回荡着，我的耳朵开始产生奇怪的耳鸣。我晃了晃头，不想去注意身体上的不适，但是没用，我发觉不只是耳朵，我的嘴巴也开始发干，非常干燥，舌头上的水分突然像脱水般干掉，心跳也开始不规律，激烈地跳动。

我无力地扶着桌沿，像苟延残喘的老人一样用力呼吸着。

在这一刻，我突然有种希望自己不在这里，没有听见这些事的奇怪想法。

"说到那件往事，我就觉得非常悲伤。

"老实说，我甚至还有些痛恨那时候的自己。我是那样地无能为力，对我这个挚爱的老友，对这毁灭性的命运走向，是如此地懦弱无能。

"当时，我陪着她去拿掉第四个小孩。我一个人坐在医院长廊上的椅子上等待，心里涌出纷繁的念头与想法。

"其中很多细节都是没有意义的，因为当事者不是我，我既无法要求詹姆斯做些什么，也无法要求葛罗莉做些什么。我能做的只有陪她，只能可悲地陪着她。

"我坐在椅子上耐心地等候着。

"在那几个小时中，我的头脑中单纯地只剩下各种不合理的、滑稽的、笨拙的、杀死詹姆斯的方式：拿起他惯用的贝斯用力朝他的头砸下去，或者用他那件布满疯狂歌迷红色吻痕的夏威夷衬衫撕捆成一条紧实的绳子把他勒死；或者直接拿一把七英寸长的刀子朝他的胸膛刺进去，让鲜血染红他的全身……我好像可以看见他躺在地上，因为各种致死的伤害而无力地喘着气。

"在我的想象中，他惭愧地流着眼泪对我说他对不起葛罗莉，他真的没有想到自己会伤害她……但是，这不是真的，因为事实上，不管他说了什么，想了什么，他都严重地彻底地伤害了葛罗莉。

"我坐在病房外的椅子上，脑袋里充满了各种暴力、超乎我理解的想象。

"不知过了多久，我看见医生把门打开，便奔了进去，握紧躺在病床上的小葛的手。我记得她的手好冷，冰冷得让我打颤，没有一丝温度。她的脸却很平静，平静得好像什么事都知道了一样。

"医生走进来，默默地低着头，残忍地向虚弱的她宣布，她终身无法成为母亲。"

"这是你们几岁发生的事？"

我默默地喘了好几口气，把照片从她的手里接过来，眼睛盯牢相片中的人。

"二十岁吧，或许二十一岁，差不多是这个年纪。"

我的脑中闪过一阵巨声的、响彻云霄的雷鸣。

后来，我慌忙告辞前，先镇定地告诉凯蒂，我绝对会再跟她联络，请她等我的电话，然后撇下仍如胶似漆的理察与吉儿，一个人驱车奔回S镇。

我回到S镇的家中，打开家里所有的电灯，企图让明亮的气氛把我纠结的心思抚平，再勉强地压住狂乱的心跳，在客厅中烦闷地来回踱着步。

我的脑子在这过程中不断浮现罗亚安的模样，以及在深黑的午夜，依旧荡在我耳畔边，那黯淡清晰的，葛罗莉的心碎声。

事情没有结束，安娜之死根本还没有谜底。

多年前发生的、一直延续到现在的这整件事根本没有人忘记，也根本没有人知道安娜究竟是怎么死的。我的手中仍紧紧握着罗亚安与其他众多人活生生的痛楚和各式各样未解的谜题。

十一年前，安娜的尸体出现在草原上，进而因失踪人口的报案者葛罗莉与罗亚安同时前来，都坚称这具尸体是她们的亲人，两人因而相识。多年后，因为这个错认，她们仍延续了特殊的缘分。

只不过，这件事真的是冥冥之中注定的吗？我停下脚步，苦恼地抓了抓头。

事情真的是那么巧合吗？

当我听见凯蒂说葛罗莉已经丧失生育功能的同时，我的心里顿时浮现十一年前她们两人在我面前时展现的异于常人的坚持。

她们两人长时间看着同一具尸体，感受到相同沉重的悲伤，我永远忘不了当时的情景。

现在，我几乎已经确定，当时两人如同疯狂的疯子一样：一个天天来警局报到，天天与我一起关在闷闭的停尸间中；另一个则是每天写信给我，详细描述关于罗亚恩的回忆——不是因为她们真的疯了，不是为了想要让心里无法确定的悲伤随手抓个尸体来渲泄。

理察与所有称呼她们为疯子的警员，都应该跟这两个女人鞠躬道歉，因为，安娜就是罗亚恩。

安娜就是在六岁时被抱走的罗亚恩。

我听见自己仍穿着脚上未脱的皮鞋在粗糙的客厅地板上发出刺耳的声响。客厅天花板上的灯射出如白昼一般的亮光，把我照得头昏脑涨。

我在正方形的空间中一遍又一遍地来回踱着步，任由难听的摩擦声在耳边响着，双手随着脚步甩着或是交叉抱在胸前。

然后走到浴室里，望向悬在洗手台上方的镜子。

我想起我最频繁照镜子的时期，除去妻子与爱蒂还活着的时候，便是在这段时间与罗亚安约会的前夕。

我希望自己看起来至少体面些，不与年轻的她相差太多，希望我的老态在露天咖啡馆与灿烂的阳光下不至于那样地明显。我仍旧是个精明干练的警官，我仍是那个年轻时所期许的自己，还有许多力气，替这个世界声张所谓的正义。

但是现在镜子中的我，看起来非常苍白。我的脸上浮出了某种倦态，某种无法忽视的苍老感，深深地刻画在厚重的眼皮与脸颊上。我摸着自己的脸，感觉身体里原本拥有的力气与对这个世界的各种期望，早在很久以前就已经缓缓流逝光了。

我想起最后一次见面，罗亚安曾经告诉我，她的男友杰森希望她能够真正地放下伤痛，好好地重新面对真实的人生。

她说："忘掉真相，那些是不会有助于真实生活的。"我在镜子前闭上眼睛，又用力把眼睛张开。

只是现在还有一个问题，我应该先做什么？

不管如何，我只求一件事：到底现在要做什么，才不会伤害到任何人？

跟踪者凡内莎

**1980 年·秋天**

琳达举行葬礼那天,家中仅我与我妈出席。

还有一些家族中我没见过的人,不多,却已足够在墓园前围成一个小圆圈。他们开着车子,从其他各个地方前来,全都是一身黑色打扮。女人大多穿着保守的、遮住肩膀与手臂的黑色丝质洋装,男人们则是统一的黑色西装,系上素黑色领带。

我不晓得那些人是谁,该怎么使用正确的称呼。我不在乎,我的注意力只放在我的父亲没来参加这件事上。

"你们他妈的让我安静一会行不行!"父亲对着前来催促他换衣服的我大吼。

我很讶异,父亲看起来不是悲伤,而是愤怒,异常的愤怒。

我记得我被这么一吼,吓得从心里涌出一股想要哭的委屈情绪。母亲听见怒吼,走到我身边,把我带离。

"爸好凶……他干吗吼我!"

我看见母亲把房门关上,哭意瞬时消失,取而代之的是不满。我甩头走到客厅中,低头望见自己一身的黑色洋装,涌起一股真想把它撕烂的冲动。

"你爸爸很内疚。他真的非常自责,没有好好看着琳达,我也是。我们都有同样的心情。"母亲走过来我身边坐下,摸着我的头,低声细语地安慰我。

"自责……"

我低下头,细细咀嚼这个词。

6月25日的早上10点,苏利文警官来到我家,先是询问了我关于安娜失踪的事情,接着,又告知在6月24日,也就是前一天,警方在T市闹区的酒吧厕所内发现琳达的尸体。

我记得母亲哭了又哭,等到半夜,父亲疲惫地工作回来,母亲才对他说了这个消息(之前不敢打电话通知父亲,因为他在铁工厂工作,不能使他分心,容易出意外),我的父亲没有哭,他从头到尾一脸的茫然。

然后,我记得他开始喝酒,喝很多酒。

先不知从哪里弄来一箱箱的啤酒,还有些透明玻璃瓶装的烈酒,或许藏在家中各个角落——他把自己一个人锁在房间里喝。后来更是明显地在家里走到哪喝到哪,甚至到外头的酒吧中与一堆人一起喝,彻夜不归的次数越来越多。

母亲从来不念叨他,也不跟我讨论这件事。直到今天,在琳达的葬礼举行前几个小时,母亲才说出这句话,算是解释了父亲这些日子的异常举动。

时间到了,我们只能放任父亲。我与母亲分别整理好仪容,出发去S镇上的墓园。

"很讽刺吧！这场葬礼把我与你父亲这几年的积蓄全花光了。我一想到这件事就既想哭又想笑。我不知道我们这些年究竟为什么在忙，为什么努力赚钱，竟然忽略了琳达……这算是对她的补偿吗？但是这种补偿也未免太让人难堪了。"

母亲坐在公交车上，伸过手来握住我。我不知道该回答什么，只是呆呆地望着母亲。

"琳达早就学坏了，我知道，你父亲也知道。

"但是，我与你父亲总是想，等将来赚了钱，我们再搬到好一点的环境，让你与她接受到更好的教育……没有想到事情就这么发生了，我们都很自责，我们居然自以为可以期许未来，可以期许该死的将来！"

母亲说着，又开始流下眼泪。

"但是妈，你怎么会有信心把琳达放到你所谓的未来她真的就会从此变好、从此变成你期望的那样？

"你不知道，琳达她真的很夸张，每天都跟男生鬼混。你不知道我们学校的女生都叫她……"

"我不想听。"母亲悍然地打断我的话。

贱货。小贱货。我的心里仍旧把未说完的话说下去。琳达是个喜欢让人上的婊子。

或许有人生性就是如此，就是喜欢往险路走，喜欢往崎岖的道路上走，为的就是那些连她们自己也不了解的冒险，为的就是连她们自己也形容不出的刺激。

这真的很蠢。我没有看过比琳达更愚蠢的人。

我看见母亲决然地把头往窗子那撇去，也就不再说下去。两人静静地，随着颠簸的公交车，望着窗外流逝而过的景物。

琳达死去这件事，从发生、知晓到现在，我根本没有任何感觉，好像早就知道我这个放荡的姐姐总有一天会有一个符合她行为的下场。而这个恐怖的下场。不多不少刚好如此：

验尸报告证实，那天晚上她被大约五个男人轮流强暴，下体严重撕裂，全身伤痕累累，惨不忍睹。琳达的死因，是因为被强暴过后昏迷，呼吸微弱的脸刚好埋入酒吧厕所地板内的一摊水上。

我的父亲待在苏利文警官和已披覆上白布的琳达旁边，缩着颈子，始终绷着一张脸。直到后来掀开白布时，才流下眼泪。

母亲则在苏利文说到一半时就昏厥了过去。醒来后，听说她扑到琳达的尸体上，边狠狠地打着冰冷的尸身边大声尖叫。

"你怎么可以这样对你自己？你怎么可以这样对你的父母？"据说我妈吼叫的声音震动了整间警局。

琳达就是这样不爱惜自己，为什么你们不能接受？这是我听到这件事后的唯一想法。我不晓得自己究竟是怎么回事，怎么会如此狠心。但是谈到真实的感觉，只有这样。

我可以假装哭，假装伤心，但是我骗不了我自己，我就是这么看待这件事的。

以前或许还不那么严重，我只觉得有这个姐姐很丢人。生命中可能的机会，好像因为有她挡在我的前面而变得什么都无法期待。我记得以前并不像现在如此讨厌她，一切残酷的后果都是她的咎由自取。

我自己在心里与琳达彻底决裂的时间点，跟安娜之死仅隔几分钟。

几分钟后，我发觉我从来不知道自己原来那么憎恨她。

那样的心情好像从很久以前就开始了。厌恶一直累积，直到琳达死后，我才真正地确定，并发觉自己已经完全接受那心情。

5月20日那天早上8点，我出门上学，却意外看见失踪多日的安娜。

那天是个大晴天，非常炎热，阳光把一切照得极为灿烂。远远的，我好像看见安娜的身影，那个我极为熟悉、曾经跟踪过多日的安娜，头上多了一顶竹藤编织的草帽，把她的脸遮住了一大半；穿着牛仔裤与一件过大的深蓝色衬衫，背着大包，安静的身影从镇子边上那道白色、涂满涂鸦的石墙后一闪而逝。

我的心跳瞬间加快。

我把书包往肩上一甩，急忙追了上去。先从石墙入口进入草原，弯低身体，躲到草原旁的大树后头，盯着她的一举一动。安娜的脚步很急促，好像很怕被人发现似的，她快步疾走，往前走时还不时地回头观望。

我小心翼翼地把自己藏身在树后，还好我躲的那棵树的树干非常宽，正好把我遮住。我偷觑着在绿色草原中剩下一点蓝色的人影，也跟我一样，快步走到右前方的树群后面，在一棵树后头消失了身影。

安娜躲到树后了！她在这里干吗？

我在树荫下眯起眼睛，试着揣测她的想法。

大家都在找她。她的母亲来学校询问过，学校的老师与同学们组成了搜索小队，也向警方通报了失踪……我以为她早已经离开了S镇。

在我的想象里，我曾经把安娜当成生活的重心，我腐烂生活里的一根浮木。我在心里猜想如此完美的安娜，代表另一种意义的安娜，或许她心里想的跟我一样，都讨厌S镇，迫不及待地想要离开。

安娜安静地躲在树后。我很疑惑，也很好奇，于是放弃了今天要去上课的打算，坐在树下，两眼直盯着前方的树，等待她下一步的动作。

安娜再也没有走出大树的后头。

我坐到树后的草地上，一边用手，随后用书包里的测验卷子扇着风，一边不时举起手臂，擦掉频频掉下来的汗珠。手腕的表显示：已是下午1点50分。我把书包里的午餐三明治拿出来，母亲今天替我准备的是蜂蜜芥末酱加火鸡肉片。我一边盯着那棵树，一边把三明治塞进口中咀嚼。

难怪没有人找得到她。我把三明治的纸袋折起来，放回书包中。这里非常隐秘，除了附近的居民，只有前方工厂里头的工人和工人的家眷，根本没有人会注意这里。前几天，听说警方派人搜索过这一带，但是一无所获。

天气越来越热了。

朦胧之中，我似乎把身体靠在树干上。眼睛闭起来之前，我记得前方仍没有动静，一片祥和的静谧午后。树影随着微风吹来，而掀起阵阵的波动。

不知道过了多久，我从睡梦中惊醒，望着手腕上的表：6点50分。

我惶恐地站起身，看着原本一片亮澄的阳光竟已经转为昏黄的黯淡橘色，所有的绿色皆已经顺从地被包围在昏暗的天色中。远方的工厂亮起了微光，但是整体轮廓则被即将来临的黑夜吞噬掉了。

我非常紧张，左右移动脚步地望着前面的树群。心里想着，如果安娜在我不小心睡着后离开，那么我根本不会知道……该死！我怎么就睡着了！

我想来想去，觉得如果她已经离开草原，那么我躲在这里也没用，于是决心往前去，看看安娜是否还在那里。决定后，我马上背起书包，跨步奋力跑过草原。天色已经完全暗下来了，四周一改刚刚清脆鲜艳的翠绿和些许悠闲的气氛，就快要陷入一片漆黑了，夜晚的恐怖从四面八方涌来，只剩下前方工厂稀疏的灯光。

一路上，我听见虫鸣鸟叫，散在四处。远远的，还间歇带着几声狗吠。温度下降，我动手拉紧身上白色制服的衣领。我心里非常害怕，因为想起曾有很多人在草原上失踪，很多命案也发生在这儿。

想象力在黯淡的傍晚扩大。所以来到安娜躲着的树前，脚还没有站定，我已经用力扯开嗓子呼喊安娜的名字。如果没有任何响应，我马上就拔腿跑离开草原。

"安娜，安娜！你在树后面吗？安娜……"我拉长尾音，几乎准备转身跑开。

"谁？"我看见从树的后方露出安娜小小、被黑夜笼罩的脸。

"凡内莎？你怎么会在这里？"安娜一开口，就问了一个应该由我问她的问题。

呃……我根本就不觉得自己会与她面对面，甚至说话，所以我低下头，支支吾吾的，答不上来。

我无法说出我老早就在跟踪她了，也无法对她解释，一大早就看见她，也看见她藏在前方的树干后，等待了一整天。我快速地在脑袋中用力搜索着正常的答案，但是没有一个让我满意。

随便说一个，只会让自己更像疯子，一个为她倾倒、疯癫的疯子。我也不想让她知道，我从以前就对她怀有莫名的疯狂情愫。

"那你呢？你在这里干吗？"我灵机一动，把问题丢回给她。

她摇摇头，没有回答。接着她走回树的后头，我紧跟在她的后面。我看见她今天待了一整天。原来她在那块小小的树后铺上了一块干净的毯子，前后放了两个手电筒，几本书散落在上头，还有写了些字句的笔记本、几支原子笔、一瓶水与咬了一半的三明治。一切皆像有备而来。

"你准备住在这儿吗？你不害怕？不想回家？"我惊讶地问她，她还是对着我用力摇头，然后我们一起在毛毯上坐下。

"凡内莎，我不准备住在这里，我打算在这里自杀。"

我打算死在这里。

她安静地看着我,模样仍如我记忆中一样美好纯净。甚至更美。我从未见过的金黄光芒从她的脸庞周围显现,越来越亮。

这是什么感觉?安娜,当你决定今天是你在这个家的最后一日,之后,便开始自决定自杀之日一天天倒数时,你应该做些什么?

早上从床上爬起来,依照习惯(好多年维持的习惯,不会因为这个特殊日子而改变)走到浴室里洗脸与刷牙,对着镜子把蓬乱的头发一一梳好。

在照镜子的几分钟内,你开始练习如何让自己的表情顺利地隐藏起今天要离开的那种情绪。千万不要不小心,千万不要泄漏出那种离别的悲伤,或者欣喜。

你觉得好极了。镜子里面的那个人看起来跟平常无异。五官淡定地摆在原来的位置,眉宇清爽无痕。你对着镜子微笑,看起来有信心极了,相信自己绝不会在一瞬间,不小心把秘密泄露。

然后,你跟平日一样放慢脚步,走下楼与母亲吃饭。

母亲,你的母亲葛罗莉,她看起来永远那么优雅,不疾不徐,在桌上放了一杯温热的鲜奶,两片褐色吐司,一个半熟的煎蛋,还有几片切片的苹果。

"安娜,你赶快吃,吃完就要去上学哦!"你听见母亲在对你说话。

母亲今天穿着一件全白的棉质衬衫，她终年都穿着长袖外衣，底下是织染的蓝色宽松棉裤。从宽大的领口中坦露出细瘦的锁骨，上面满布了一个个深色的疤痕，看起来让人心疼极了。

母亲怎么会那么瘦呢？如同终年生病、从未晒过阳光的人，苍白的脸上可以看见微浮的青筋，放在桌上的手则是一副凹凸有致的骨架。她对你微笑，跟你说话，眼神中充满了关爱与温暖，还有，你知道这双眼睛的背后充满了很多的爱。

你知道她爱你，非常爱你，跟一直以来的一样。

你的母亲永远都是这样对你。你接受这些暖意，还有爱意，但是不代表隐藏在心中多年那个冰封的秘密就可以因此被融化。你从不这样认为。

面对这些，你则贯彻很多年以来维持的习惯：沉默不语，不必要时绝不开口说话。

这个世界真的太多话了。你这样想。很大一部分的伤害与暴力都是从话语来的，不是吗？你低头把桌上的东西吃完，然后背起书包，往学校走去。

到学校，再到放学这段时间，没什么好形容的。

你其实一直都无法明白，坐在身旁的这些同学，为什么每一个都看起来那么开心？她们叽叽喳喳地聊着昨晚看的电视节目，流行的化妆技巧，还有隔壁班男孩的长相，当然，还有其他女生的长相。她们用严厉的眼光，狠毒的语言，去尽兴地批评这些男生和女生的长相与穿着，仿佛她们的世界中只有这件事情重要，其他都可以不管。

这些形容长相的词语如同长满毒汁的果实，狠狠地砸烂在四下的空间里，把四周弄得污浊肮脏。这种充满暴力的语言让你受不了，所以你养成一个习惯：把一对小型的耳机塞在头发底下的耳朵里，再把音乐开到最大声。你觉得唯有这样才能有一点自己的空间，这世界也会清静一些。

你喜欢也只听爵士乐。随身听里面都是爵士乐。

你深深觉得，只有爵士乐这种类型的音乐以轻松的方式演奏出的沉重的悲伤，才最符合你的人生，你这个人。

上课时，老师不会叫你起来回答问题，因为他知道你的表现不会让他满意。你总是这样，顺从老师的要求，但是若要你多讲什么，你就以沉默抵抗。他们刚开始时都会不满：

安娜，你可以再说说关于……或者再举更多的例子吗？

你的表情木然。老师们通常都不会太为难你，但是一开始会因无法了解你的沉默而抛出更多的问题。这时候，你身边的这些同学，这些聒噪的同学就会开始喧嚣着：老师！安娜不会再说话啦！这个人惜字如金啊，倒不如点名别的同学比较不会浪费大家的时间！

这个时候，仅有这个时候，你会感激这些平时你不想看见的同学。

放学时间到了。你走到校门口，往左边方向走去，你的余光瞥见凡内莎在你的后头。凡内莎个子矮小且终年低头走路，头发永远盖到额头下方，在你的后方大约两公尺的位置，低着头，躲着阳光。

你记得她，你当然记得她。她是一个因为姐姐（是叫琳达的女孩吗？你对此还有些印象。一个月前的海报事件，其实让你的心情大受影响，也让你对人性有更深的绝望），或者还因为家庭的影响，而变得怯弱怕生，也变得非常没有自信。

这是她的错吗？当然不是，但也是。

你觉得家庭的影响几乎可以令一个人重生，也可以毁灭一个人。这是你的经验，你曾经亲身的经验。但是这个影响又可以维持多久呢？

你自问自答。一辈子。一辈子都会受家庭的影响。

你知道凡内莎曾经有段时间形影不离地跟在你的后头，像一个漆黑的影子，一个没有名字的跟踪者，一个没有思想的空洞的人。

你会这么想是有原因的，因为你看见过她望着你的眼神，那种疯狂的迷恋，深深的、某种绝望至极的迷恋，那双里面塞满了你身影的眼眸。

你记得这个如陷在没有出路的泥沼的眼神。你认得这个眼神。

你在打包行李时，坚决地拿走两样东西：葛罗莉的藤编草帽和法兰西的深蓝衬衫。最后你甚至决定，把这两样东西穿戴在身上，离开这个家，因为这是你与哈特曼在圣诞节一起在 T 市的华登百货买的。

那也是你们在彼此生命中最后一次交汇。

哈特曼，也是拥有这样绝望眼神的人。

你记得第一次见到他的时候，他就是用着这样空无的眼睛深邃地望着你的父亲法兰西和母亲葛罗莉，还有年幼的你。

当时，你决定走向前抱住他，那个时候，你感受到他的内在，而他是那样一个晶莹剔透的好人，内在纯粹得让人想落泪的好人。

你深深地以为，眼前这个人，至少还有这个人，可以跟你一起对抗这样的命运。他是唯一一个会告诉你你的人生不是一个错误的人，你可以重新开创一个全新的、没有这些伤害的人生。

但是你错了，你发现自己的猜想是错误的。他把你从交叠在一起的命运中推开，你明白除了死，除了消失在这个世界上，已经没有任何继续存在的理由。

你低下头，踢了踢脚边的石头。接着，你看见背后的凡内莎转进另一条巷子中。

这样很好，你在心里对自己说。不要迷恋我，不要这样期待我。我不值得。

你继续往前走，回到了马兰伦大道的家。

在你把口袋里的钥匙掏出来之前，让自己好好地站在门口，细心地观望这个用木头雕成的门。以前的家也是这种门，或许在 S 镇上的每户人家，用的都是这种门。大方美观，在细微处又看得出质感。

你记得你的姐姐，应该说是前一个家庭的姐姐，罗亚安，她常常牵着你走到门口，低下头来亲你的额头，告诉你她非常爱你。

你闭上眼睛，仍记得那个亲吻的温度。

你很想念她，但是你知道，即使你们住在同一个镇上，也认不得彼此了。因为你一离开那个家，你就改变了，改变得非常彻底。这应该说是你天生的能力（恐怖的能力），一进入不同的家，那种力量，也会因此随之配合，转变、到达另一个层面。

如同一颗钻石的不同折面，不同亮泽，随着日与夜变化的天性。

当你变成法兰西与葛罗莉的独生女，你的气味与面貌皆与以前不同，彻底不同。你明白除非你死，除非在体内原有的能力消逝，你的姐姐才会认得你，才会知道你是她朝思暮想的罗亚恩。

你很想哭，但是你还是忍住了。

你拿出钥匙，把门打开。你的母亲葛罗莉正在厨房做晚餐。晚餐是新鲜的凯萨色拉，上面会铺上厚厚的一层鲔鱼与起司片，还有涂上奶酪的法国面包，还有海鲜意大利面，都是你最喜欢吃的。你坐到餐厅的桌上，从书包里掏出那本看了一半的茨威格的小说，嗅闻着食物的香气。

"妈，如果有一天我死了，葬礼上一定要放埃灵顿公爵、阿姆斯特朗，或者是任何人演唱的爵士乐。"

你知道自己即将离开，这句话一定要现在说，不说就没有机会了。

"什么！你说你有一天怎样？"母亲不悦地提高音量，希望你知道自己在说些什么。你很确定，再说几十次都没关系。

"我死了，如果我死掉的话，丧礼上一定要放爵士乐。"

"你这小女生怎么回事！好好的，说这些干吗？"你的母亲眉头皱起，非常不高兴地转身，手上继续搅拌着色拉。

"妈，你不要管嘛，就记着我说的这个小小心愿就好了啊！"你把话说完，假装没事地低头看书。

因为，这是你唯一可以为我做的，你在心里想。你唯一可以替我做的，终我一生只要求你这件事情，希望可以如我的愿，在灵魂还未远离的时候，仍能听得见熟悉极了的、一首首既轻快又沉重的爵士乐。

你想，如果真的有爵士乐环绕在耳畔边，即使你的心脏停止跳动，你仍会感觉自在，一如生前。

然后你们停止对话，等到父亲回来，一起坐到餐厅桌前用餐。你咀嚼着食物，感受鲔鱼的香气和面包的酥脆。这样的晚餐时间一如往常，但是今天不同，你很仔细地观察这两个人。

父亲法兰西，从他身上传来熟悉的麝香气味，很好闻，你忆起以前都是在这种香气中入眠。他正慢条斯理地把面包拿在嘴边，慢慢地咬着，你可以看见他粗大的喉结因吞咽而产生规律的律动。

他今天也很沉默。他平时就是个沉默的人，不多说什么，但是从眼神，那双清澈深邃的咖啡色眼睛中，可以看出他极疼爱母亲，可以为她做任何事情。

连牺牲你的人生，用你的一生来弥补母亲曾犯下的罪恶和过错也在所不惜。

你明白你自己在这个地方是一个祭品，一个活生生的祭品。是什么样的信念，让他人可以决断地用别人的人生来拯救另一个人的生命？

你想到这里，心跳仍维持着平稳。你已经学会如何与这个事实相处，并接受。

你扪心自问，你恨过法兰西吗？这个当过你十年父亲、对你疼爱至极的男人。

在你六岁时，在你什么都懵懂未知的时候，把你从超级市场的推车中一把抱起，像揽一颗结实的橄榄球那样抱在怀中，奔回来告诉葛罗莉，这孩子从此就是他们的孩子，你的名字从此由罗亚恩变成安娜时，那是什么心情？

为什么好像一切都理所当然？

当时你没有哭，没有发出被陌生人抱起时的尖叫声，也没有踢跶着你强壮的小腿，表达应有的愤怒与疑惑。你只是默默地让他把你抱回全新的家庭中。

迄今，你已经问了自己不下千次：为什么我当时没有哭？你甚至模糊地记得，你被法兰西放到客厅的沙发上时还笑了起来，苹果般红润的脸颊上，除了汗珠，还堆满了笑容！

那只是因为你天生的本能告诉你他们需要你？还是冥冥之中你的天赋引导你来到这里继续帮助另一家人？帮助什么呢？你来到这个世上的意义究竟是什么？

你不知道，你连自己的心意都不清楚。

然而，你只明白一件事，在那个决定性的一刻，你没有号啕大哭，没有百般哭闹，没有用孩童惯有的尖嚷声掀开屋顶，接受了法兰西与葛罗莉对你的喜爱；而你，将离原来的家越来越远。

你清楚地想过整件事情，然而你最后决定，不是任何人的错，你该痛恨的是你自己。

吃完饭，你本来的习惯都是上楼写功课，但是你今天不想。

你发觉你对这个家仍有一点感情，一点回忆，想要在离去前沉浸在其中的温度里。你希望这可以变成你离去后可以回想的一个画面。

你决定与母亲一起洗碗。

你们两人有默契地一个冲水洗碗，一个拿毛巾擦干，水珠滴答滴答，带着凉寒滴过你的手掌，在池底汇聚成一圈水洼。很日常的动作，但是你今天却开始想象，眼前的葛罗莉会因为你的离去与消逝而经历一场无法忍受的痛楚。你有些于心不忍，甚至一闭上眼睛就感觉到，这个人其实从某个角度来说，是与你相同的、无法对抗命运捉弄的可怜人。

她苍老的灰白头发，在厨房昏黄光晕中闪着一种令人悲伤的褐色，如秋天落叶般脆弱，放到脚底下踩，会发出戛然碎裂的声响。她望向前方的灰色眼珠子里始终藏了很多不明就里的伤痛。

你感到心痛，想伸出手抚摸，抚平那曾有过的伤害，仍未愈合又再度裂开的伤口。

于是你开口跟她说了你的秘密，关于只要拥抱与接触便会知晓真相的秘密。然后你对她说，你会原谅她与父亲，原谅这一切。此刻，你真的那么想，真心诚意地希望着。

那是你在这个家中说的最后一句话。


放在手心中的笔记本沉甸甸的，里头写字的页数不多，很松散的随笔记录。安娜说要把本子放在我这里，她可以放心。我一只手拿着手电筒翻开它，里头写满文字，大部分是心情记录。

我低头摸着皮质封面的笔记本，感觉仍非常不真实。她说她待会儿就要死在这个草原上了，希望我不要阻止她。我不晓得我应该怎么做，真的要阻止她吗？还是偷偷回去告诉她的家人？或者直奔警局告诉大家失踪的安娜在这里？她决定自杀？

这些念头在我脑中一闪而逝，纷杂混乱地呼啸而过。

我感觉自己如同置身电闪雷鸣的暴风圈中，无论什么想象与念头都显得怪异——以往的记忆，应该有的正确举动，背后的理由都显得异常贫乏。

我想哭。除去眼前这我从未遭遇、陌生至极的死亡威胁之外，我只有一个想法，我不希望安娜死，我真的不希望从此再也见不到她。

她是天使啊，是这个绝望小镇里的一个奇迹啊！我在心里大声呼喊着。她曾经在琳达的海报被贴在我更衣柜上让我羞愧的事件发生的瞬间，在我被想死的念头包围时，伸出手来把我拉起，令我再没有跌入过。


她的沉默与美好，在干涩阴沉的镇中，像一首清新的歌，一条可以贯穿幽暗，把S镇照亮的歌谣。

此时此刻，一种通电的嘶喘进入我全身脉动中，一种紧绷的干枯感从心底发酵。我感到愤怒、悲伤、痛苦，各种情绪在体内加速混合，我手足无措地瞪着她，在她面前流眼泪，呢喃着自己的心愿：不希望她就这样自杀，就这样消失，不希望这首明亮的歌就此沉寂，让S镇或者我，再度跌进黑暗之中。

"你怎么能这么说呢？"安娜温柔地伸出手，握住我的手，"永远都是大家对我说：安娜，你是天使，你应该怎么做，你应该如何，但是就是没有人能让我好好地选择自己的人生。"

她的手心非常温暖，有种奇异的坚强力量，透过温度，结实地传到我的手掌中。

"凡内莎，我只是个平凡的人，而我的小小心愿也只是终于可以选择自己想要去的方向。我希望你不要难过，在这最后的时刻，我希望你能帮助我，给我力量。"

她望着我，眼睛里有太多我没见过的东西。

我被眼前的景象震撼住了。

不是荒凉、萧瑟的草原，也不是湿润、阴暗的夜色，而是安娜的眼神。安娜坚决毅然的眼神如一把锐利无比的刀，刺穿了模糊的夜晚。我第一次感觉到，原来一个人可以如此坚定地决定自己的方向，那种莫名坚定的情感震撼了我。

我停止哭泣，把眼泪擦干，朝她用力点点头。

我不想再次描述那段过程。我心里唯一的浮木向下沉没的时间只花了几秒钟,而我只能在旁边观看。

在这最后的时刻,我哭了又哭,失去力气地跪倒在草原中,小声地疯狂地呢喃着她的名字。夜缓慢寒冷地流逝,仅剩下安娜放在毛毯上的两个手电筒,仍亮着微弱的黄色光芒。气温不断下降,夜晚的虫鸣,听起来像是从遥远的地方传来。

我逼迫自己张大眼睛,集中焦点,盯着前方幽暗中的她优雅地吞下准备好的毒药。我用手紧捂住嘴巴,看着眼前的一切。安娜一脸庄严,仰头把药丸一股脑地倒进自己的嘴巴中,吞下。药丸顺从着吞咽的水从她的咽喉流到胃部。

安娜在此刻像是沉浸到银色的湖面底下,她的眼睛仍是灿亮的湛蓝,照亮且穿过幽暗的夜,缓缓闭上。

直到最后,在最后的几秒钟中,我的眼睛仍牢牢地盯着安娜。

我的眼泪从眼眶中渗出。我突然想,或许她不属于这个世界,或不完全属于这个世界。既没有存在过,也不会从此消失,她永远都在中间地带的交会时光中发出微光。

安娜不是独立的个体,她是所有东西的综合体。

她是天空也是海洋,她是辽阔的草原,也是静谧的湖。我闭上眼睛,感觉安娜之死是一个宽大的水域,在这之中,森林重叠着森林,天空吞蚀着天空,平静如镜的湖面反射着孤独的影子。

一切事物在这里的影像都是多重的。而我,我们所有的人,都不在那之中。

我压抑心中复杂的情绪,把脑袋放空,看着大雾包围着她。她即将被死亡吞噬,不留一点踪迹。我深深地记下眼前的天使一点一滴缓慢丧失生命,这个神谕性的一刻。

最后,我甚至在她的身体还未褪去温度、心跳刚停止的一刹那,冲过去把她紧紧搂在怀里。

接着,我依照她在最后时刻跟我说的,脱下死去的她身上的衣物,她要自己身上空无一物。她告诉我,她希望在死后亲近泥土,彻底地与这片大地亲密地结合在一起。我费力地把她的衣服脱去后,叠好放进我的书包里。接着,在一旁的树干旁边挖了一个洞,把裸体的她埋了进去。

天使死了,就此消失了展翅的翅膀。希望安娜能真正找到属于她的天堂。我把双手虔诚地放在泥土的上方,在心里默默地对着她,也对着自己说。

后来,我终于平复好心情,收拾完所有的东西,准备离开这让人伤心欲绝的地方。

正当我背起书包朝白色的石墙处走去时,听见不远处,距离我约十公尺的草丛里,传出隐约细小的、很奇怪的呻吟声,与虫鸣重叠交汇在一起。

我很疑惑,许多想象在此时又回到原有的位置上。但是我已经不再害怕，好像经过了刚刚的一切，我的心也强壮起来，或许，有可能正相反，我明白自己的心已经脆弱悲伤地处在不会被任何事物打击到的底部。

我没有多想，依循着声音的来源，悄悄往对方走过去，便看见在昏暗的草丛中反光着一些幽微的光。

我在声音的前方停下脚步，仔细弯下身子盯着。是一对隐身在草丛中正裸身交缠在一起的男女。

我瞪大眼睛，觉得真是荒谬极了！我看见一对正利用黯淡的夜晚在无人的草原中交欢的男女，而几分钟前，安娜在不远处结束了她的生命！我站在他们上方，沉默地看着这一对完全没察觉到我的存在、正在享乐的男女。

是琳达！是我的姐姐琳达！

昏暗中，我辨认出熟悉至极的她的笑容，也就是那张让人羞愧的海报瞬间捕捉到的笑容。

我的血液轰地冲上了脑门，心跳加速，紊乱地颤抖不已……下意识地握紧自己的双手，努力让身体的颤动不那么明显，不让突然涌上的绝望感灌满全身。

我不晓得自己最后是怎么离开那里、离开那片草原的，但是我的心情已经不像先前看见海报时那样痛苦难耐。这个姐姐带给我的伤害与羞辱，已经足以让我亲近死亡的边缘。

安娜之死清楚地告诉我，我不应该把琳达背负在自己身上，我可以也应该让自己解脱，我不用为她感到羞惭，因为那是她选择的人生。

她应该为自己负责。

牧师念完一长串的吊祭文，棺木缓慢合上盖子，抬起来准备放入挖好的泥洞中时，父亲赶到了葬礼的会场。

我远远地看他晃着灰白蓬松的头发，身上的西装也凌乱不整：外套衣领乱翻到衬衫里头，领带也没有系好，远看像两条黑绳子在胸前晃荡。他右手拿着一瓶啤酒，左手扶着墓园的木头扶梯，步履艰难地朝这里走来。

母亲推了推我，要我专心注视琳达的下葬。我也在底下推了推她，要她回头看父亲已经来到了现场。母亲转过头，连忙走过去搀扶身形摇摆的他。

我的父亲，这个终年为了生活打拼的男人，在日光下看起来异常衰老，好像瞬间苍老了十几岁。皱纹与干燥的皮肤带着说不出的风霜感，佝偻的身形宛若六十几岁的老人。我看着母亲的背影穿越过人群，走到他的身边。大家也因为她这个举动，停下葬礼的进行。

此刻，大家都在凝视着这两个因为女儿的死而迅速衰老的人。

我看见我的父亲与母亲在距离我约五公尺处，缓慢地朝我艰难地抬起脚步。我的眼眶突然变得非常潮湿。原本对琳达的死还残留极度倔强且鄙视的心情，此时全都因为眼前的父母而化为乌有。

我的父母没有错，这两个为了生活终日辛勤工作的可怜人根本没有错。他们的爱跟所有的人一样，希望可以提供我与琳达好的生活环境、好的教育，甚至奢望好的物质生活。他们就是那么单纯地希望且认真地奋斗着。

然而，这却是我第一次这样认真地想。没有做好的是我们，是我与琳达。

或许，我们早该对自己负责，而不是把这样的责任都推到我的父母身上。我想起之前我还因为母亲的寒酸与家境的穷苦以及琳达的浪荡而在同学面前不敢抬头，不愿意承认他们是爱我的家人。

但是终究，我没有为自己负责，却只会不断地抱怨自己生在这样的家，为什么如此不公平之类的……我甚至还在琳达未归的夜晚一遍遍在心里诅咒她的放荡终究会遭遇可怕的下场，我根本没有做好身为一个妹妹、身为家里的一分子，应该用真心去真正地关心每个家人。

我低下头忍住想哭的冲动，又抬起头，仔细地看着一度暂停的葬礼继续进行。

等到那口装着琳达身体的棺木慢慢地被泥土覆盖，一点一点地在我的眼前消失，直到墓穴被埋了起来，直到大家转身离开墓园，我开始记起很多事情，包括琳达以及我们一起拥有过的时光。

葬礼结束后，天空下起了细小的雨丝。离去时，我走到我的父母亲中间，伸出手臂，挽起他们两人的大手。

警官苏利文

**1991年·秋天**

夏天快要结束的九月的一个下午，我把家里彻底打扫了一遍。这些工作平时就常在做：把堆积的衣物投入洗衣机、把较好面料的西装拿去巷口的干洗店、把家里从头到尾用吸尘器吸过、用抹布擦拭书桌和书柜及每个容易堆积灰尘的地方。我看着包着头发与杂屑的乌黑抹布，摇摇头，丢进水桶中。

在此期间，客厅的电话响了三次，我一次都没接，专注于手上的清洁工作。

我记得曾经在一本杂志上看过一个说法，打扫是最容易放松的工作，可以从劳动中获得平静的心情。我想自己或许认同这个说法，但这说法又好像不太适合我。

真要彻底地做所谓的清洁与打扫，似乎非常困难。

尤其是整理那些带有大量回忆的东西，更是艰难得让我只想逃避。而且这一逃，便是一年接着一年的时光飞逝。

简单的打扫告一段落后，我坐到客厅的沙发上休息，喝了两瓶冰透的啤酒，感受冰凉刺激的液体往我的胃里落下。舒服一些了，我揉了揉脸，伸了一个懒腰。然后，决定进入整个清洁工作最困难的部分：整理妻子与爱蒂的东西。

多年前她们两人先后离开这个家之后,我几乎像被拔掉塞子的水池,原本满涨的生命力全都流泻,只剩下一个空壳,虚弱得无以复加的皮囊,没有留下任何东西,身体与思绪则任由时间随便把我带到哪里去。

我哭到没有眼泪,整天像一具行尸走肉,凝固在外头庭院的摇椅上,呆滞的眼神始终望着不知名的远方。

而她们的东西,是我从 E 市的警局请调来 S 镇的时候随意装箱在一个个坚硬的纸箱中,加起来大约有十箱,尘封在房后的仓库里。一个个叠起来堆在角落里,任由湿气与闷热侵蚀。

我当然去仓库看过,一开始甚至一天看上好几次(仅在门口观看,连靠近都不敢)。它们被岁月侵蚀的模样,像一只衰老的古代生物,毛皮光秃,破损严重,如同生重病似的趴卧在墙角中。

已经过去许久的时光了,为什么决定今天整理?

其实我一开始做最简单的打扫工作时,就有一个模糊的念头,好像我如果下意识地不去动这些东西,不去把它们打开、清理,那么不管我的生活是不是重新开始,是不是重新拥有各种新的可能与机会,其实还是停留在一样的位置,没有移动,也不可能往前。

必须改变,我逼迫自己下这个决定。

距离我确定了安娜便是罗亚恩，已经过去好几个月。

这段期间，我彻底把自己关在家里，对外断绝所有联络。不接电话，有人按门铃就假装不在，连走出去把信箱里的信取出来都做不到，把自己的感官全部封闭。好几次我躺在床上，尝试屏住呼吸，试着想象没有我这个人存在。

总之，一天接一天过去。

就这样，我一天天在现实里与记忆中的那些远离。到哪个尽头都无所谓，直到某天在漆黑中再度听见遥远处传来的声音为止。我想，如果可以，我希望自己可以就这么泅游在空无之中。

空无。虚幻。缥缈。灵魂远逝。梦境延续。记忆偷渡。

冷汗流满了我全身。在夏季最炎热的时刻，我时常被自己的畏寒惊吓得不知所措，躺在床上起不了身。其实我也没想要做些什么，只是隐约地感觉，这一切的一切，不管是过去的死亡或之后身边的生命消逝，都已超出我能够想象与理解的范围。

在这段时间里，我既没有想出解决的方法，也没对任何人提过关于此事的半句话，坚定地缄默着。我只是感觉自己被这个事实或者被我长年埋在心底深处的伤痛，拖曳到一个深邃的海域底部。

海底的温度非常低。

水平面随着变幻的记忆而改变着色泽。这个海域无法让阳光折射进来，筛进来的光线是如此微弱，分秒在此刻没有意义，我的头与身体都探不出去。我在漆黑里踱着步，一遍又一遍地来回走着。

有时候什么都不想，有时候则清楚感觉到，我的心荒芜一片。不管是什么，我感觉我在这里经历了整个海洋的变迁。

我一个人缓慢地忆起许多事情，先是对照着一切经过——核对记忆中的过程。但是这些、那些，好像都没有一个光影的片刻、一个伤透心的背影、一个被截断的心碎声来得深刻与真实。

我后来明白，不管我能否拥有以前当警察时的正义感或者希望世界至少可以公平的伟大信念，都不比阻止一个人伤心绝望的心意来得强烈。

只有忧伤与沉郁，是真正的绝对。

这一个多月中，我决定什么都不说。我不打算把安娜的身份事实摊开在阳光之下。换作以前，我会信誓旦旦地对自己说：没有什么比真相来得更重要，没有比知道真相更可以安慰人心。但是，自从我了解了罗亚安的真正想法和她所期待的从死亡与消失的悲恸中走出的心意，我多年以来所坚持的被撼动了。

我发觉自己的信念支离破碎得一塌糊涂，比难堪更加让人不忍目睹。

这让我封闭自己，也让我更深刻地思考。然而，在这里头，一种洁净无比、希望能活得更好的单纯信念——没有什么比活着的人更重要的思绪——在其中萌芽生根。

这些转变也使我开始真正面对心底那扇封闭的门。我获得了一种全然的勇气，可以用力打开门，正视我死去的妻子与女儿爱蒂。

所以今天，我决定彻底打扫，清扫仓库，打扫我始终不敢靠近的记忆。

我在心里想着：如果可以，我要想尽一切力量保护葛罗莉与罗亚安，保护这两个活在现实中的人。

我把两瓶啤酒全部喝光，做了个深呼吸，从沙发上站起身，准备走向仓库时，门铃响了起来。

究竟是谁会在这时候找我？我是不是应该照先前那样假装没有人在家？但是这样又可以维持多久？我叹了口气，满心不耐地转身走到门口。我站定在门后，从猫眼往外看去，看见罗亚安背着包站在外头，一脸疑惑地正往里头瞧。

阳光笼罩着她的脸颊，金黄色的光芒使我眯起眼，心头一片温暖。

"你怎么来了？"我把门打开。她迫不及待地钻进门内，冲着我微笑。

"来看你啊。你这段时间在干吗？音讯全无，让人很担心！"

她把包放到地上，把一股干燥的阳光气味也带了进来。她动着灵活的眼珠上下打量着我，再把视线停在我的脸上。我想她看见的应该是一个满脸胡茬、既落魄又消瘦、几乎丢了半条命的人。我没回答，耸耸肩，低头看了她的包。

"这里头不会又装了一些怪口味的蛋糕吧!"我指指包。

她把手一摊,大笑了起来:"你这段时间搞失踪,原来是因为害怕吃到蛋糕啊!"

"不是,我只怕香蕉肉桂蛋糕。那个东西……啧啧……简直是不应该存在的恐怖食物!"我摇摇头,满脸写着对那蛋糕的恐惧。

"没有,里头没有食物。"她把包打开让我检查。我作势低头,看见里头只有一个厚厚的白色文件夹。

我跟着她笑,紧绷与陌生感瞬间消失。她熟识门路地自己到餐厅泡了壶茶,我坐在客厅的沙发中等她。

细琐的声响从餐厅传出。我望着旁边窗子照进来的光线改变了屋里的色调,耳朵听得见角落里壁钟的声音,滴滴答答,也听见外头汽车的引擎声与街头的喧嚣声柔和地重叠在一起。

我感觉今天会是一个晴朗的好天气。

亚安端着一壶茶走过来,坐到我的身边。她替我与她自己倒了茶,桂花香气顿时弥漫了整个屋子。她告诉我,她之前就想这么做了,只是找不到我。这个包里装的是这段时间里她与葛罗莉互通的所有信件。

她说因为觉得自己在这通信的过程中好像用这个方式面对了以往不敢面对的伤痛,也意外地平抚了悲伤,所以她从一开始就把自己写给葛罗莉的信,影印了一份。

这个包里,有她们通信的完整的内容。

"为什么把信给我看?"

她把信从文件夹中拿出来,对齐叠好,放在沙发前的茶几上。我瞄了一眼,问了她这个问题。

"因为,我想从你这里确定,我的做法没有错。并不是我对此有疑惑,我很坚定地要把亚恩的死从心里放下,但是我不知道在通信的过程中是否也真正地帮助到了葛罗莉。

"我真心希望她好好的,真心希望她可以从安娜之死中走出。"她说。

亚安接着跟我说起,前阵子她的母亲打电话给她,要她回家一趟。

我把双手交叉,安然地枕在后脑勺的地方,侧躺在沙发上,仔细听她说话,鼻子嗅闻着茶叶的芳香,眼角仍盯着屋子里散落的光。亚安没变,笑容与模样仍旧是个单纯的大女孩,我对这一切非常放心。

她告诉我,她已经很久没回 S 镇的家了。距离上次回家已经四年多了。

这期间的家庭聚会都是约在外头的餐厅用餐,在每个不同的餐厅里联系情感。既然父母没有强迫她回家,她也就顺势躲避着。但这一次接到母亲的电话,她感觉自己的状态似乎已经与以往不同,好像有了坚强面对的能力,所以她便顺从着母亲的心意回家。

一到家里,打开那扇记忆中的门,当然什么都没改变,家中维持以前的模样。所有已经泛黄、布满岁月痕迹的东西与记号仍待在固有的位置中,积上一层厚重的灰尘和许多干涸的心情。

她没有多说什么,用眼神环视了一圈,静静地忍受着。

母亲先是拉亚安坐到她的书房中,热切地说着最近的生活。她说起从学院退休后没有事做,所以最近想要动手写一本关于家族史的自传体小说。这对于历史系出身的母亲来说,没有任何困难。

这是个好方法,亚安心想,对于多出来的时间,或许是个打发的好方式。她欣然地对母亲称赞这个主意,并且同意协助她。

然而,母亲却在喝过咖啡、两人吃下午茶点心、彼此的相处逐渐轻松之际,开始问起她们小时候的细节,里头全都是罗亚恩。

——你为什么要这么做?

亚安有些愤怒,站起来大声质问母亲。

——因为,因为我发觉自己开始遗忘亚恩了。亚恩的模样、亚恩的声音,还有很多细节我都开始忘记了。

母亲在她面前哭泣,像个做错了事不知所措的小孩。她蹲下身子,用双手紧紧捂住脸,哽咽啜泣。

——不要这样。请你,不要这样。我们都该遗忘她,然后,让自己活在真实的生活里。

亚安倾身过去抱紧母亲,小声地在她耳边呢喃着。

"然后呢?"我问亚安。

"然后我的母亲停止哭泣,像个孩子一样,疲惫地蜷缩在我的怀中。我突然觉得自己很想念她,我的身体与心里都非常想念她,像从繁复的情绪中抽取出了最纯粹的想念。

"我已经好久不曾有过这样的感觉。以前记起这个家的一切,全都是罗亚恩。

"老实说,我想我决定离家的理由,除了忍受不了长期处在悲伤的气氛中,更多的是因为我无法承受,我父母的眼中已经没有了我,只有失踪的亚恩。"

亚安叹了一口气,把桌上的茶杯捧起来,对着热气吹了几口。我没有说话,听觉倒是全面开放,等待着她把事情讲下去。

"我也非常想念我的父亲,非常想念,还有我自己都不知道的,揪心地想念这个家。于是,那天过后,我就打电话给父母,说我决定搬回家住。

"几天后,我搬回家,几个礼拜里,我与父母亲一起合力,把罗亚恩的东西打包堆到家中的仓库里。"

我感动地点点头,没有多说什么。然后我趁她走到后头的厨房替我们准备晚餐的时候,慢慢把茶几上的信拿到眼前。

我忍住发抖的欲望,深深地做了个深呼吸。

这厚厚的信纸上,全都是这两个女人波涛汹涌的情感。

交互堆叠得无比坚实,也无比脆弱。随着记忆的前进与后退,我感觉这可能是死亡第二次如此真实地出现在我的生命里。

也想到我之前花了很长时间,凝望着海平面,顺从地沉到深海的底部。

沉默的无形的墙,把我们与现实隔开。古老而遥远的逝者,被镶嵌在一座记忆的玫瑰花园之中。海域的顶部,是可以伸手摸见透明纹路的海水波纹。

我们都是,我与葛罗莉、罗亚安,是一群无法在悲痛里清晰看见自己的人。

我把信中的每个字句放进口中咀嚼,把饱含各种形状气味的情感咀嚼得细碎。我不愿放弃靠近任何一种情绪的可能。我越是靠近信纸的背后涵义,我的感觉越放松。最后缓慢地顺着字义,把自己推回到原处。
我深深地吐气,然后吸进新的。

"怎么样?"亚安坐到我的身边,捧着一杯热茶说。
"很好。我想,我读到的感觉完全符合你的期待。我想不只是你,葛罗莉也在与你通信的这些日子里,拥有了重新面对生活的勇气。"
"真的吗?"
她的眼睛一亮,看起来红润的脸颊是我从未见过的美好风景。
那里头不再是沉重的过往与死者的影子。我在她的脸上看见的阳光越来越强烈,如同乌云散开,露出无比鲜明、年轻的模样。
我看着亚安,很仔细地盯着她的脸瞧,时光仿佛倒流至十一年前我们第一次在警局中见到彼此时。
她不再是那个拥有超龄心事的女孩,眉宇之间总是深锁着不为人知的秘密。那些细微的举动显示她在长久的时光中，背后总是拖曳着一个她无法负荷的包袱。

我看见她努力捕捉原有的模样，是这个年纪该有的旺盛生命力。

我轻轻地笑了，把一封封信慢慢地折起来，叠好放进白色的文件夹中。

"现在，你愿不愿意帮助另一个人找回生活的勇气？"

我看着她站起身，把煮好的晚餐一一地拿到餐桌上时，开口问了她这个问题。

"你的意思是……"亚安疑惑地歪着头。

我点点头，伸出手臂，指了长廊尽头的仓库。她恍然大悟地点点头，对着我笑了。我也跟她一起笑了。

在笑意中，我感觉自己眼眶潮湿，眼角扫见了窗外的光线，是亮澄澄的夕阳。

## 后记

## 我是如此饥饿

不晓得有没有人与我相同，对自己正在做的事情，永远感到剧烈的饥饿感？

2009年3月，《恶之岛——彼端的自我》正式出版前，我已经着手开始写这部《安娜之死》，约是2009年1月中旬至6月底完成。所以当时一边忙着出版《恶之岛》的后续工作，一边挂念着手上这本《安娜之死》的进度。其中与命案胶着在一起的五个人，几乎完全占满我当时的思绪。

很多朋友都会问我，为什么要让自己如此忙碌？为什么无法好好地真正地休息？我也曾怀疑过自己一头栽进去的真实原因，但这似乎是属于我本身宿命且无解的生命状态：与其他同龄的女孩不同，我不喜欢睡觉，讨厌休息，过久的睡眠会让我不安（听某些朋友说可以在床上慵懒地躺上一天，让我感到不可思议），会深感罪恶地觉得自己在浪费时间。

我无法不待在书写的状态中，只要写完一部长篇，成就与满足感来临，同时激起的，也是无法形容的深深的失落感；所以我必须不断地写、不断地创作，在不写的时候就阅读与看电影，让自己回归到某种平静的状态，这是与自己共处最好的方式。

如果要用一句话形容自己，我只能说，我是一个非常纯粹的创作者，我愿意花费全部的生命来实践创作。这是我生命的本质与意义，对创作永远处在如此巨大的饥饿状态中，永远对建构起心中平衡却真实黑暗的世界拥有旺盛的好奇心——饥饿感不是企图改变世界，只是想尽全力书写出最确切的人性与世界原貌。

《安娜之死》这本书于我很不一样的地方在于，这是我对于笔下的主角，作为操控他们生死的主宰者，第一次产生非常浓厚的情感。我喜欢苏利文，这个贯穿全本的主角几乎代表了我对这个世界的看法，他拥有的性格与对真相的倾斜或平衡，都是我对待真实世界的、最原始纯然的态度。

我也非常喜欢安娜，对她的设定有点类似天使的角色，一个可以洞悉人性与情绪欲望的天使，但是真实的她时常感觉困惑，无法理解生命与她开的玩笑：只可以对他人伸出援手，却对自己的生命无可奈何——而这样的矛盾冲突，几乎涵盖了真实世界中会遭遇的所有状态。

当然，其他三个人：葛罗莉、凡内莎、以及哈特曼，他们各自代表的意义都是我的不同侧面对人生理解的态度，所以在创作这本书的同时，也是我独自调整内在步伐、面对世界的重要步骤。

感谢《恶之岛——彼端的自我》出书后许多读者与我的互动，在博客中写下心得、当面开心地讨论书中的内容，这些那些，都是对我最大的肯定，也成为某种支撑我继续书写的重要力量。在此对这些可爱的读者们致上最诚意的感谢与祝福。

最后要深深感谢台湾商务印书馆的主编，还有责编大哥，您的意见，总是让我这个粗枝大叶的人感到深深的感激，以及陈贞全大哥，真的非常感谢您对我与这本书全力的支持，真的非常谢谢。

其他的前辈亲人好友们，在此对你们一鞠躬，深切感谢你们对我的生活与创作上的包容与支持，让我永远可以充满力量地面对我的饥饿感，谢谢你们。

《第五号房》 谢晓昀 著
人民文学出版社 2016 年 4 月初版

  本书读起来很烧脑，谢晓昀式的烧脑，充满了叙诡——故事一开始是由"我"，也就是男主人公，即五号先生塔德讲述的，他枯燥无味的婚姻、混乱的办公室恋情、不愉快的童年，以及在地下室囚笼里那些偷来的片刻欢愉，读起来仿佛是个亦正亦邪的人物。

  随着主人公的入狱，医生保罗和女警温蒂渐渐进入故事的核心。从第八章的最后一小节开始，"我"的视角淡出了，叙述者从第一人称转为第三人称。于是，以五号先生受限的第一人称视角无法观测到的众人的内心压抑，在最后三章里无法抑制地爆发了，无论是医生保罗还是问题女警温蒂，他们都无法直视五号先生的结局，而那场结局是在监狱的高级视听中心以巨幕现场直播的："施虐者"变成了"被虐者"。